泣き虫令嬢は今日も婚約者の前から姿を消す

登場人物紹介
ライオネル
カロリーナの婚約者の優秀な第二王子。
幼い頃からずっと婚約者を怖いくらい
愛しているのだが……。
カロリーナ
食べることが大好きで
天然な伯爵令嬢。
明るく前向きで皆に好かれているが
ちょっとズレている。

リズフィリス
正体不明の美少女。
ライオネルにまとわりつき
天真爛漫に振り回す。
キャメロン
カロリーナたちの母。
怒らすと怖い美魔女。
ジャスミン
カロリーナの親友。
たおやかだが
言うことは辛辣。
クリステル
スラッとした美しい令嬢。
ライオネルの恋人という
噂があり……？
ジェイミー
カロリーナの弟。
魔術師になるため
勉強中の美少年。
姉のことが大好き。

◆第一部　プロローグ　泣き虫でぽっちゃりな令嬢は知ってしまった

「新入生として殿下の婚約者が入ってくるんだろ？」

「ああ、カロリーナ・ワトソン伯爵令嬢のことか。そうだよ、フィルジリア上級学園の新入生として入学される」

（あら、私の話題だわ？）

　今まで触れてこなかったジャンルの本が読みたくて王立図書館へ来たカロリーナ・ワトソンが、自分の婚約者ライオネルの側近でありドルフ侯爵家の次男であるマーティン・ドルフの姿を見つけたのは本当に偶然のことだった。

　歴史書が並ぶ書架《しょか》の間から、来週入学を控えたフィルジリア上級学園の男子制服を着た黒髪の青年を見かけたのだ。

　それが自身も幼い頃から知っている友人のマーティンであるとわかり、ひと言挨拶をしようと近付いたときに自分の名を耳にした。

　マーティンと一緒にいる男子生徒のことは知らないが、きっとライオネルの学友なのだろう。彼が籍を置く生徒会執行部の役員の一人なのかもしれない。

マーティンもライオネルの補佐という形で執行部入りを果たしている。

会話に割って入って挨拶をするのはマナー違反だと考えたカロリーナ。

書架《しょか》のおかげで彼らからは姿が見えないので、会話が途切れるのを待つことにした。

するとマーティンではない男子生徒が言った。

「去年の学園祭で遠くからお姿を拝見したんだけどさぁ、正直驚いたんだよ」

(ん？　驚いた？)

「驚く？　カロリーナ様を見て？　なぜだ？」

マーティンが相手に訊き返す。

(そうよね、私も知りたいわ。そのときの私、変な顔でもしていたのかしら？)

「だって……殿下の女性の好みとあまりにもかけ離れていたからさ」

(……え？)

「……殿下の女性の好みとは？」

「そりゃ、同じ執行部二年のクリステル嬢だよ。スレンダーで女子にしては長身。ウエストなんて折れそうに細くて、なんていうか華奢《きゃしゃ》で儚《はかな》げな、あの感じだよ」

(ん？　クリステル嬢って……誰？)

カロリーナは思わず前のめりになって耳を傾ける。

「クリステル嬢を理想の女性だと、殿下がそうおっしゃったのか？」

マーティンが相手に尋ねた内容はカロリーナも是非とも知りたいところだった。

息を殺して聞こえてくる声に集中していると、男子生徒は軽い口調で答えた。

「いや？　でも何かの話のときに『クリステル嬢って完璧な女性だと思いませんか？　だいたいの男は彼女のような女性がどストライクですよね』って俺が振ったら『そうだな』と答えられたんだよ。それって殿下もクリステル嬢を好ましいと思われているってことだろ？」

（ガ――ンッ！！！）

「それなのに婚約者だという令嬢は……なんていうの？　太ってるわけではないけど……ホラ、ちょいポチャ？　っていう感じだったから、ああ政略結婚って大変だなぁって、殿下が気の毒に思えたんだよ」

「お前、それだけで殿下の好みがわかったような口を利くなよ……」

ショックで目の前が真っ暗になるとはこういうことだと、その日カロリーナは初めて知った。

途中から彼らの声が耳に届かないほど虚《うつろ》になり、カロリーナは呆然《ぼうぜん》として立ち尽くす。

知らなかった。幼い頃からの婚約者であるライオネルが、「いつもカロリーナは健康優良児で素晴らしいね」と言ってくれるライオネルが、カロリーナがケーキを食べる姿を微笑ましそうに見守ってくれているライオネルが、カロリーナのミルクティー色の髪とアメジストの瞳を美しいと褒めてくれるライオネルが……本当は長身スレンダー儚《はかな》げボディの女性が好みだったなんて‼

カロリーナはふっくらとした両頬に手を当てて狼狽《うろた》えた。

「どうしましょう……私、正反対の体形だわっ……！」

カロリーナは近くの窓に映る自分の姿を見つめた。

背中に流れるワトソン伯爵家特有のミルクティーブラウンのふわふわの長い髪。

髪色と同じまつ毛が縁取《ふちど》る目はアメジストの色……そしてその下ではふっくらとした艶《つや》の良いほっぺが存在感を放つ。

背は低くはないと思う。

だけど食べることが何より好きという性分が如実《にょじつ》に現れた体形をしている。

ウエストがないわけではない、しかし、絶対に折れそうな、なんて形容できる体形ではない。

中肉中背……とはいえ、限りなく大に近い中肉の中背。

ひと言で表すならば、ぽやぽやムチムチわがままボディである。

（え？　それじゃあライオネル様はずっと我慢して私の側にいてくれたの？　親が決めた婚約だからと、好みでもなんでもない、むしろ理想の女性とは正反対の私と、我慢して接していたの……？

そして私はずっと、大好きな人に見苦しい体を晒《さら》しながら図々しくも婚約者面をしていたというの……？　そんな、そんなのって……）

「うっ……ふっ……えっぐ……」

気が付けば涙が溢《あふ》れていた。

昔から泣き虫で涙腺ゆるゆるのカロリーナだけど、それでもすぐに前向きな思考に切り替わり、泣きやんで我ながら呆れるほどにケロリとするのに。

さすがに今回ばかりはショックが大きすぎて涙が止まらない。

チラリと書架《しょか》の隙間からマーティンたちを覗き見ると、そこに彼らの姿はもうなかった。

誰もいないとわかると、カロリーナはのろのろと移動して近くのリーディングチェアに座る。

そしていつも持ち歩いている東方の国の風呂敷ばりの大判のハンカチーフで目元を押さえながら泣き続けた。

……今日、図書館になんか来なければよかった。

何も知らずに、現実なんて知らずにただ純粋にライオネルの側で笑っていたかった。

(でも本当に？　本当にその方が良かったの？　むしろ入学前にライオネル様の本心を知れて良かったんじゃないの？)

自分がライオネルにとって見るに耐えない体形の女なら、なるべく彼の前に姿を見せないようにして学園生活を送るしかない。

執行部の仕事と第二王子としての公務で多忙を極めるライオネルとの接触を最低限にして、彼の前から消えるようにすればいい。

そうすればライオネルも残り一年の学園生活をエンジョイできるはず。

結婚式は二年後に控えていて、すでに国を挙げての準備が始まっている。今さら婚約解消など不可能だ。

どうせ知るならもっと早くに知っていれば……

それならば婚約を解消してライオネルを自由にしてあげられたのに。

時すでにお寿司……じゃなかった遅し。

(クスン……そういえば近頃、東方の国のお料理、お寿司を食べていなかったわね……ライオネル

様と食べたお寿司は本当に……グスッ……美味しかった……美しく美味しい大切な思い出だわ）

そんな美味しい思い出に浸《ひた》りながら、カロリーナはその後も大判のハンカーフをびしょびしょに濡らして専属侍女のエッダが迎えに来るまで一人咽《むせ》び泣いていたのだった。

エッダは泣きすぎて瞼《まぶた》を腫らしたカロリーナを見て瞠目《どうもく》していた。

幼い頃から泣き虫カロリーナの側にいて、普段ならカロリーナが泣いていても動じないエッダだが、今回の泣き方は何かおかしいと察したようだ。

事故や事件性がないことだけを確かめると後は何も言わずに、えぐえぐ泣いているカロリーナをワトソン伯爵家まで連れ帰った。そしてカロリーナの目を冷やし、「脱水症状を起こしてしまいますから」と果実水を用意してくれた。

それを飲みつつカロリーナは思った。

こんなに泣いたのなら、私ってば少しは痩せたんじゃないかしら……？　と。

◆婚約が決まった日

「ねぇそれ、おいしい？」

「ふぇ？」

あれは……いつの日だったか。

母親に連れられていった王妃主催のガーデンパーティ。

主催者である王妃殿下と二人の王子への挨拶を済ませた後、今が盛りと咲き誇る色とりどりの薔《ば》薇《ら》もそっちのけで、カロリーナはお目当てのスィーツを堪能《たんのう》していた。

ザクザクの食感が楽しいガレットとしっとり甘いフィナンシェを交互に食べているときに、ふいにそう声をかけられたのだった。

「ずっと夢中になって食べているから。キミは他の令嬢たちみたいに――王太子《兄上》のそばで自分をアピールしなくていいの？」

とうに挨拶を済ませたはずの第二王子に声をかけられ、びっくりしすぎたカロリーナは口に手を当てつつもそのまま答えてしまった。

「ふぃふんふぉふぁひーふふぇふふぁ？（自分をアピールですか？）」

「ぷっ……うんそう。今日は未来の王太子妃を見つけるための集まりだから」

ようやくごっくんと嚥下《えんげ》したカロリーナが、またそれに答える。

「おーたいしひよりスィーツです！　きょうはおしろのスィーツをたべられるのをたのしみにしてまいりました」

「スィーツ？　おかしを食べるためにここに来たの？」

「はい！　おうじでんかもいかがですか？　とってもおいしいですよ。まいにちこんなおいしいスィーツをたべられるなんてうらやましいです！」

カロリーナはそう言って一枚のガレットを王子殿下……ライオネルに差し出した。

ライオネルはそれを受け取り、ガレットを一口齧《かじ》る。

「本当だ。おいしいね」

「そうでしょう！」

自分で作ったわけでもないのに、カロリーナは自慢げに笑う。

それに釣られてライオネルも自然と笑みを浮かべていた。

アッシュグレイの髪色に青い瞳を持つ見目麗《うるわ》しい王子の笑みに、カロリーナの胸はドキンと跳ね上がった。

それが二人の出会いだ。カロリーナ九歳、ライオネル十歳のときのことであった。

その出会いからすぐに王家より、ワトソン伯爵家に第二王子ライオネルとの婚約の打診があったのだった。

ワトソン伯爵家は建国以来の由緒ある家柄だが、所詮《しょせん》は伯爵位。

名だたる侯爵位以上の家門を差し置いて王子との縁談が舞い込むなどとは考えもしなかった父親のカーター・ワトソン（入婿）を始め、一家は上を下への大騒ぎとなった。

カロリーナの祖父ハンター・ワトソン（こちらも入婿）は、「カロリーナはこのままワシが鍛えて暗部に入れるのじゃ！　王子妃なんぞになったら宝の持ち腐れじゃぞ！　そんな縁談なんざ断ってしまえぃっ!!」と言って憤慨《ふんがい》した。

その言葉を聞いたカロリーナの母キャメロンが冷たく返す。

「何を馬鹿なことを言ってるの。王家からのお話を断れるわけがないでしょう。それにもし、第二王子殿下の婚約者にならなくてもカロリーナを暗部に入れるつもりはありませんからね！」

「なっナゼじゃ⁉　カロのあの隠密行動の才能を暗部で発揮させねば勿体《もったい》ないであろう！」

鼻息荒くそう捲《まく》し立てるハンターに、美貌の伯爵夫人と名高いキャメロンがエレガントな微笑みを浮かべたままドスの利いた低い声で言う。

「ほほほ……勿体《もったい》なくねぇですわ、ふざけんじゃねぇであそばせ、お父様」

「あ、……は、はい……」

怒らせると怖い娘のひと言で大人しくなるハンターであった。

そして「なんでウチのカロリーナが？」とか、「あの日殿下に何かしたの？　弱みでも握ったの？」とか、「カロリーナの資質に目をつけるとは第二王子、なかなかに侮《あなど》れん……」とか、「結局王太子妃候補は決まっていないのにライオネル殿下の婚約者が先に決まってしまってよいのでしょうか？」など、両親や祖父、家令のバーモントの口から様々な言葉が出た。

全員がこの奇っ怪で難解な状況に首を傾げる中、カーターは「うぅ……こんなにも早く可愛い娘を他所《よそ》の男に取られるなんてっ……」と滂沱《ぼうだ》の涙を流しながら縁談を受ける旨の返書を王城へ届けさせたのであった。

これがカロリーナとライオネルが婚約を結んだ経緯なのだが、それが今……婚儀まであと二年を切って、まさかのこの事態……

いや、そんな事態に陥《おちい》っていると勝手に思い込んでいるのはカロリーナだけで、ライオネルはカロリーナの心境を知らずに今も過ごしているわけだが……

（ライオネル様はお優しいから、年々姿が変わりゆく私との婚約をやめたいだなんて言えなかったんだわ……きっとそうよ……クスン、かわいそうなライオネル様っ……）

婚約を結んで早七年。カロリーナはふくよかな体へと成長すると共に、ライオネルへの淡い恋心も育《はぐく》んできたのだ。

初恋を自覚して、甘酸っぱい気持ちにトキメキながらハニーレモネードソーダを一ガロン飲んだのはいつだったか……

カロリーナにとっては良い思い出である。

が、とにかく今の段階でカロリーナが大好きなライオネルのためにできることはただ一つ、学園内では極力彼に関わらず影に潜《ひそ》むこと。

〝影に潜《ひそ》み……存在を消し、空気になり、気配を断つ〟

昔、祖父がそう言っていたのをカロリーナは思い出した。

近頃は妃教育一本だったために、影で行動するには勘が鈍っているかもしれない。

「……よし！」

そう考えたカロリーナは、朝起きるなり祖父であるハンター元ワトソン伯爵の部屋へと向かった。

「お祖父《じい》ちゃまっ‼」

ノックと同時にバタンッ‼　と扉を開けると祖父は東方の神秘、乾布摩擦《かんぷまさつ》の真っ最中であった。

「おお、おはよう！　ワシの可愛い孫よ。どうじゃ？　お前も久しぶりに一緒にやらんか？」

着衣はトラウザースのみ、上半身裸になって乾いたタオルで背中を擦りながら祖父は言った。

カロリーナは心底残念に思って祖父に告げる。

「お祖父《じい》ちゃま、私はもう十六よ。裸にはなれないから遠慮しておくわ」

「むむむ……そうじゃな。カロと並んで朝日に向かって乾布摩擦《かんぷまさつ》をしていた日々が懐かしいぞ」

「ホントねお祖父《じい》ちゃま。でも私、また鍛錬を始めようと思っているの」

「何っ⁉ それは真《まこと》かカロリーナッ‼」

カロリーナの言葉を聞き、祖父の鋭い眼がピカーーッと光る。

カロリーナは大きく頷いて祖父におねだりをした。

「ええ。完璧に気配を断つ稽古《けいこ》をしたいの。お祖父《じい》ちゃま、久しぶりに隠れんぼに付き合ってくれる？」

「いいともっ！ もちろんじゃっ！ ……ツク……ウグッ、お前とまた隠れんぼができるなんてっ……ゆ、夢のようだっ……フグッ、ウッウッ……」

感極まったハンターが嬉し涙を流し始める。

「お祖父《じい》ちゃま泣かないで。妃教育で忙しくて一緒に遊べなくなってごめんなさい。でもこれからは毎朝学校に行く前に、できるだけお祖父《じい》ちゃまと隠れんぼをするようにするわね」

カロリーナはそう言って、祖父が乾布摩擦に使っていたタオルでその涙を拭《ぬぐ》ってやった。

「いい子じゃっ、優しい子じゃっ……カロは我が家の天使じゃっ……！」

「ふふふ。お祖父《じい》ちゃまったら大袈裟なんだから」

カロリーナは幼い頃から、元王家直属の警衛諜報組織、通称〝暗部〟の一員であった祖父から気配の消し方や体術など、隠密技術の手解《てほど》きを受けて育ったのであった。

ライオネルの婚約者となって妃教育が始まり、そして初潮を迎えたことによって母のキャメロンから指南禁止令が出て、終了となってしまっていたが……

学園内でライオネルの視界に入らずに行動するには、かつて指南を受けた暗部の技が役に立つはず。

こうしてカロリーナは祖父の暗部スキルを復習し直し、万全の体制でフィルジリア上級学園の入学式当日を迎えたのであった。


真新しい制服に袖を通し、姿見の前に立つ。

紺地に白襟、白タイのワンピーススタイルの制服姿の自分を見て、カロリーナはため息をついた。

「あれだけ毎日お祖父《じい》ちゃまと特訓したのに、どうして少しも痩せないのかしら？」

カロリーナが鏡に映る自分を眺めながらそうつぶやくと、脱いだ部屋着を畳んでいた侍女のエッダが言った。

「それはお嬢様……運動した以上にハイカロリーなお食事を召し上がれば痩せるわけがありませんよ。むしろお太りにならず体重を維持なさっているのがすごいことだと思いますが」

十も年上でしっかり者のエッダの言葉を聞き、カロリーナは両頰に手を当てて驚愕する。

「え？　朝からリブロースステーキとデザートにバナナアイスクリームシェイクをいただいたのがダメだったの？」

「ビーフパティ三段重ねのBLT《ビーエルティー》バーガーにバケツフライドポテトもよろしくなかったかと……」

「えぇ～……それならそうと言ってよぅ……」

「家令のバーモントさんが涙ながらにお止めになっていましたが」

「あれはお祖父《じい》ちゃまのコレステロール値を心配して止めているのだと思ったの……」

がっくりと項垂れるカロリーナにエッダはさらに言う。

「そんな神経質にならなくても、お嬢様はギリギリ標準体重の範囲内だと思いますよ？　まぁ崖っぷちではありますが」

「崖っぷちじゃだめなのよぅ～」

半泣きになるカロリーナの目元をエッダはハンカチでそっと押さえた。

「他のご令嬢たちが痩せすぎているのです。それにお嬢様、晴れの入学の日に泣いてはなりませんよ」

「うん……」

エッダはドレッサーに用意してあったカロリーナの必需品、大判ハンカチーフを渡しながら言った。

「お嬢様。ご入学、おめでとうございます」

エッダの祝福の言葉に、カロリーナはハンカチを受け取りつつ笑顔で返した。

「うん！　ありがとうエッダ」

今日からいよいよライオネルがいるフィルジリア上級学園へと通う。

どんな波乱が待ち受けていのるか、今は想像もつかないカロリーナであった。

「学園のカフェテリアのメニューを入手しなくちゃ！」

そして早くも食堂のメニューに思いを馳せるカロリーナであった。

◆はじめての登校

モルトダーン王国とイコリス王国、フィルジリア共和国の三国の国境近くに学舎を構えるフィルジリア上級学園。フィルジリア共和国が誇る、国内外の貴族や富裕層の子女が十六歳から十八歳まで通う二年制の学園である。

魔力と、それを用《もち》いる魔術が存在するこの世界。

魔力を持つ者はだいたいアデリオール王国にある魔術学園かハイラント王国の魔法学校かのどちらかを選択するのだが、魔力のない上流階級出身者は、社会や社交界へ出る前の勉強や交流を目的としてこのフィルジリア上級学園を選ぶのであった。

カロリーナの婚約者であるライオネルは幼い頃に突然、原因不明でほとんどの魔力を失ってしまった。

そのためフィルジリア上級学園に通っており、婚約者であるカロリーナも必然的に上級学園への入学が決まっていた。

まぁカロリーナは魔力を持たないのでライオネルの婚約者でなくても、この学園しか選択肢はなかったが。

カロリーナは自邸のあるモルトダーン王都から発着している、転移魔法を用《もち》いて移動する上級学園の乗り合い馬車に乗って登下校することが決まっている。

入学のひと月前にライオネルから、「本当はカロに王城まで来てもらって王家専用の転移スポットで一緒に登下校したいのだが、執行部の仕事が不規則で予定が崩れやすい。カロに朝早くに来させたり、放課後遅くまで待たせたりするのは忍びないから登下校は別々にするしかないな」と言われていたのだ。

そのときは「ライオネル様とお手手を繋いで一緒に登下校したかったなぁ」と残念に感じたのだが、今になってはそれで良かったと思っている。

せめて学生時代だけでも、ライオネルにはカロリーナの存在を気にしないで過ごしてほしい。

だからこれでいいのだ。

寂しいとか、ふくよかなお胸がちくちくするとか、お腹が空《す》いたとか考えてはいけない。

全てはわがままボディの自分が悪いのだから……

なんてぼんやり考えながら、実家の馬車でターミナルまで送ってもらい、スクール馬車が到着するのを他の生徒たちと一緒に停車場で待っていた。

すると聞き覚えのあるのんびりとした声に名を呼ばれた。

「カロリーナおはよう～」

カロリーナは笑顔で振り向き、その声の主に挨拶を返す。

「あ！　おはようジャスミン！」

カロリーナがジャスミンと呼んだこの娘。

濃い水色の髪に青い瞳を持つ彼女はジャスミン・カーターといい、カーター子爵家の三女だ。

母親がライオネルの母である王妃殿下の側付きという役職であったため、幼い頃から妃教育で王城へ通っていたカロリーナと知り合い、親友になった。

ほっそりとした儚《はかな》げな見た目で口調ものんびりおっとりしているジャスミンは、時に毒気を含む辛辣《しんらつ》な言葉を発する。

しかもそれが全て的を射た正論であることから、ライオネルやマーティンを含む側近たちにも一目置かれているというすごい令嬢なのだ。

だけどジャスミンはカロリーナにはいつだって優しいし、味方でいてくれる。

そんなジャスミンのことがカロリーナは昔から大好きなのであった。

「今日から私たちも学生かぁ～」

若干気怠《けだる》そうな声でジャスミンが言うと、カロリーナは彼女の姿をうっとりと眺め、ため息をつく。

「ジャスミン……制服がとっても似合っているわ……！　私と同じ制服を着ているとは思えないくらい素敵よ……！」

制服とは着る者によってこんなにも印象が違うのかとカロリーナは驚いた。

ジャスミンは華奢《きゃしゃ》で小柄で、庇護欲をそそるタイプの女の子だ。

細くて折れそうな足のジャスミンの隣に立つのは、実は辛いものがある。

カロリーナのむっちりした足は簡単には折れそうにはないが、ジャスミンと並ぶと心の方がポッキンポッキンに折れそうになるのだ。

羨望《せんぼう》の眼差しを向けるカロリーナにジャスミンが言った。

「何を言ってるのよ～。モルトダーンが誇る大輪の華と謳《うた》われたお母様《キャロライン》譲りの美少女のくせして～。そんな自虐もはなはだしい胸くそ発言をしていたら、いつか他の令嬢に背中から刺されるわよ～」

「お母様は細いのにボンキュッボンなナイスバディで、私とは全然ちがうもの……同じなのは髪色くらいなものだわ」

「ハイハイ。私の可愛いカロリーナはどうしてそんなに困ったちゃんなのかしらね～。それにしても、ライオネル殿下と一緒に登下校できなくて残念だったわね」

カロリーナの扱いを熟知しているジャスミンが、入学式前にカロリーナが泣き出さないようにとさっさと話題を変えた。

カロリーナは小さく肩を竦《すく》めて答える。

「仕方ないわ。生徒会のお仕事だもの。ご公務でもお忙しいライオネル様にわがままは言えないから別々の方が良かったの」

ライオネル大好きっ子のカロリーナから意外なほど物わかりの良い言葉が返ってきたことにジャスミンは訝《いぶか》しむ。

「……どうしたのカロリーナ……そんなカロリーナらしくない答え方をして。何かあった……？」

「え、……えっと……」

さすがは長い付き合いの親友である。たった今、これだけのやり取りでジャスミンはカロリーナの心境の変化を感じ取ったのだ。

学園でライオネルの前から姿を眩《くら》ますには、おそらくずっと行動を共にするであろうこの友人の協力は不可欠だと思い、カロリーナはジャスミンに小声で耳打ちした。

「詳しくはまたゆっくり話すけど、私……学園ではなるべくライオネル様にはノー干渉ノーコンタクトでいようと決めたの」

「……うん？」

「ライオネル様を自由にしてあげたくて」

「う、う〜ん？　意味がわからないのだけれども……」

「私なんかが婚約者面してお側にい続けてはダメだと気付いたの」

「婚約者面も何も婚約者でしょう〜？」

「とにかく。王族に対して礼を欠かないように一日一度の挨拶はするけれど、それ以外は極力……いえ、徹底的に姿を見せないようにするから！」

「はい〜？　何がどうしてそんな考えになったの〜？」

カロリーナが決死の思いを伝えるも、ジャスミンは心底理解できないという顔を隠しもせずにカロリーナを見る。

しかし今はあえて何も言うまい、とジャスミンは思った。

とにかくこういう状態のカロリーナには何を言っても無駄なのだ。

だがワトソン伯爵家の皆はもちろん、ライオネルを始め王家の面々にも甘やかされて育ち、なぁぁんにもわかってないこのぽやぽやにひと言告げておかねばとジャスミンは考えた。

「でもぉ、とりあえず今日は絶対に、早々に殿下に捕まると思うわ」

「え？　どうして？」

「だって待ち構えていると思うもの～」

「まさか。執行部の役員さんは入学式で忙しいのでしょう？」

「でも今日は何がなんでもなんとかすると思うわぁ」

「？？？」

ジャスミンの言葉の真意がわからずに首を傾げていると、転移スポットを通過したスクール馬車がいつの間にかフィルジリア上級学園へと到着していた。

「あ、お話している間にもう学園に着いたようね」

カロリーナは馬車の窓から白亜の学び舎を覗き見る。

まだ何色にも染まらない学生の純真無垢《じゅんしんむく》さを表わしているという白壁の校舎。

各学年の教室や職員室がある棟と、実技などで使う部屋が並ぶ実習棟。

そして広い運動スペースを設けた鍛錬場やグラウンド、行事や式典などが執《と》り行われる講堂が立ち並んでいる。

一番心惹かれる学生食堂《カフェテリア》はどこにあるのだろう。

カロリーナは逸《はや》る心のまま笑顔をジャスミンに向けた。

「いよいよね、ジャスミン。（主に食堂が）楽しみだわ……！」

ワクワクとドキドキで武者震いをしながら馬車を降りる順番待ちをしていると、先に降りた生徒たちの騒然とする声が聞こえてきた。

「どうしたのかしら？」

不思議に思っているカロリーナに、彼女の前に立つジャスミンがこれみよがしに笑った。

「ほらほら～やっぱりね～」

何がやっぱりなのだろうと思いつつ、ジャスミンに続いて馬車を降りる。

そして降車してすぐに、目の前に立っていた人物を見てカロリーナは息を呑んだ。

「……………！」

その人物が軽やかな声でカロリーナに告げる。

「おはよう、カロ。とうとう来たね」

「ラ、ライオネル様……！」

カロリーナの婚約者にしてモルトダーン王国第二王子モルトダーン・オ・リシル・ライオネル。

王族は国名を名前の最初に冠のように戴《いただ》く。

その王族であるライオネルが、婚約者を出迎えるために待ち構えていたのであった。

◆これにてドロン

手入れの行き届いたグレイアッシュの髪が朝日にキラキラと輝く。

長身痩躯で立ち姿も王子然としたライオネルが、これまた王子様スマイルをカロリーナに向けている。

彼の側にはいつもと変わらず側近であるマーティン・ドルフ侯爵令息が控えていた。

マーティンは図書館で見かけて以来である。

カロリーナは内心頭を抱えた。

なんということだ、極力接触を控えようと思っていたのに初《しょ》っ端《ぱな》から出鼻を挫《くじ》かれた感じだ。

まさかライオネルがわざわざカロリーナを出迎えるために停車場で待っているなんて思いもしなかった。

ライオネルはきっと、入学式を迎えた婚約者を出迎えるという義務を果たすためにここに来たに違いない。彼は昔から責任感が強く、誠実で真面目な性質《たち》だから。

まぁカロリーナも一日一度は王族であるライオネルに挨拶を……というノルマを自分に課していたので、今日は早くもそれを達成したと思えば良いかと思うことにした。

そんなとき、ふいにライオネルに手をすくい上げられた。

ライオネルは柔らかな笑みを浮かべ、カロリーナに祝いの言葉を告げる。

「入学おめでとう、カロリーナ。制服姿がとっても可愛いね。よく似合っているよ」

そしてカロリーナの指先に口づけを落とした。

カロリーナの親友であるジャスミンやライオネルの側近のマーティンにとってはとうに見慣れた光景だが、学園の他の生徒たちにはかなり衝撃的な光景だったようだ。

小さく息を呑む声や、「キャー」という黄色い悲鳴がカロリーナの耳に届く。

（……あぁぁぁぁぁ〜……どうしましょう……）

カロリーナは居《い》た堪《たま》れなくなり、心の中で呻《うめ》き声を上げる。

一体、周囲の人間にはこれがどう見えているのだろう。

図書館でマーティンと一緒にいた男子生徒のように、この美しく麗《うるわ》しい王子の横に並び立つのがこんなムチムチの標準体重崖っぷち令嬢だなんて、とても受け入れ難く、見るに耐えないと思っているに違いない。

実際、自分を頭のてっぺんから足のつま先まで食い入るように見つめている数多《あまた》の視線を感じる。

カロリーナは素早くライオネルから自分の手を引き戻した。

その性急な様子にライオネルは不思議そうな瞳をカロリーナへと向けた。

「カロ？」

カロリーナは慌てて膝を軽く折るだけの略式の礼を執《と》り、挨拶をした。

「お、おはようございますライオネル様。お祝いのお言葉をありがとうございます」

笑顔だけはいつもと変わらないようにと心掛け、そしてライオネルに尋ねた。

「だけどなぜ停車場《こちら》に？　お忙しいとお聞きしていましたので驚きましたわ」

カロリーナの言葉にライオネルは笑みを浮かべる。

「今日は特別な日だからな。本当は屋敷まで迎えに行きたかったんだが、それが叶わなかった。だからせめて学園に着いたカロを出迎えようと待っていたんだ」

「まぁそうでしたの。わざわざ申し訳ありません。ありがとうございます」

「カロ？　学園では確かに先輩と後輩だが、別に俺に対しては言葉遣いを改める必要はないんだぞ？」

「でも学園は小さな社交場とお聞きしていますわ」

「フィルジリア上級学園は学内では身分で分け隔《へだ》てをしない自由平等を謳《うた》っているんだ。まぁ王族ともなると立場云々《うんぬん》はあるが、カロはそんなこと気にしなくていい」

「お、おほほほ……」

目立たず影に徹しようとしているのにそれでは目立ってしまう……とは言えないので、カロリーナは笑って誤魔化しておいた。

そんなカロリーナにライオネルが続ける。

「カロ。キミが入学してくれて本当に嬉しいよ。執行部の仕事で学園ではなかなか一緒にいられないかもしれないけど、困ったことがあったら一番に頼ってほしい」

優しいその言葉を聞き、カロリーナの胸はつきんと痛んだ。

本心ではその言葉に従いたい。何か困ったことがあってもなくても頼りにして甘えたい。

だけどそんな優しいライオネルを煩《わずら》わしてはいけないとも思う今、カロリーナは大袈裟なほど首を横に振って返した。

「ライオネル様のお手を煩《わずら》わすなんて滅相《めっそう》もございませんわっ……学園では私のことは婚約者ではなくただの一生徒、いえこの学園のどこかに勝手に生息する脂肪の塊《かたまり》くらいのものと認識してくださって結構ですわ！」

一気に捲《まく》し立てるように告げるカロリーナに、ライオネルは胡乱《うろん》げな表情を浮かべる。

「カロ……？　一体どうした？　それはどういう……」

だけどその言葉を最後まで言い終わる前に、辺りがざわっ……として、すぐ騒然となった。

生徒たちが一斉にそちらを見るのに釣られて、カロリーナもその方向へ視線を巡らせる。

すると数名の男子生徒と一人の女子生徒がこちらに向かってくる姿が目に飛び込んできた。

「……」

その数名の生徒たちの中に、図書館でライオネルの理想の女性について言っていた男子生徒がいたことから、彼らが生徒会執行部の面々であるとわかった。

そしてその中の紅一点である女子生徒……

カロリーナは心の中で叫んでいた。

(長身スレンダー儚《はかな》げボディ!!)

そのひとつひとつの単語に当てはまる理想的な少女がそこにいた。

おそらく身長は百七十センチ近く、いや百七十センチを超えているのではないだろうか。

すらりと伸びた背に細くしなやかな四肢。そして聞いていた通りの折れそうなほど細いウエスト。

艶々《つやつや》の栗毛色の髪はストレートロングで、彼女が歩く度《たび》にサラサラと揺れていた。

首も肩も手首も足首も何もかもが細く、なるほどこれは確かに儚《はかな》げだ。

そして何よりその美しい顔立ち。すっきりした切れ長で奥二重の涼しげな目元とふっくらとした唇。

全てが完璧な美の女神がそこにいた。

彼女が図書館で聞いたクリステル嬢、その人に間違いないだろう。

カロリーナは思わずごっくんと生唾を呑んだ。

生徒会執行部の面々であろう数名の生徒がライオネルの元へとやって来る。

最初に声をかけたのは長身スレンダー儚《はかな》げボディのクリステル嬢であった。

「殿下、こちらにいらっしゃったのですね。そろそろ講堂へ向かわなくてはいけないのに急にお姿が見えなくなって、皆で捜していたのですよ」

なんと推測クリステル嬢は声まで美しい。

その言葉を受け、ライオネルが彼女に返す。

「クリステル嬢、すまないな。皆も。しかしどうしても今日は婚約者を出迎えたかったのだ」

(やっぱりこの方がクリステル嬢!!)

カロリーナは小さく息を呑んで、ライオネルの側に来たクリステル嬢を改めて見た。

そして戦わずして自らの敗北を悟る。

（くすんですわ）

泣きそうだ。ライオネルとクリステル。二人が並び立つと対《つい》の美しい彫像のようではないか。

見目麗《うるわ》しいライオネルとクリステル。

あまりにも二人がお似合いすぎてもはや言葉も出ない。

周りにいる生徒たちも恍惚《こうこつ》とした表情でライオネルとクリステルを眺めていた。

「……カロリーナ？」

カロリーナの側にいたジャスミンがじっと二人を見つめているカロリーナに気付く。

カロリーナはハッと我に返り、困ったような……そしてどこか納得したような、そんな笑顔をジャスミンに向けた。

それを見たジャスミンの眉間にシワが寄る。

そんなジャスミンと顔を見合わせるカロリーナに、ライオネルは告げた。

「カロ、紹介するよ。彼女はクリステル・ライラー嬢。同じ執行部二年で隣国イコリスの伯爵家のご令嬢だ。クリステル嬢、以前から話している私のカロリーナだ。何かと気にかけてやってくれると嬉しい」

と、カロリーナとクリステル、双方を引き合わせた。

国は違えど同じ伯爵位。

だけどこの場合、一応ライオネルの婚約者であるカロリーナの方が上の立場であり、先に声をかけるべきだろう。

「は、はじめましてライラー伯爵令嬢。カロリーナ・ワトソンです」

自分はライオネル殿下の婚約者だ、という肩書きを口にする胆力は持ち合わせてはいない。

カロリーナがそう挨拶をすると、クリステルは花の顔《かんばせ》を綻《ほころ》ばせて微笑む。

「はじめまして、クリステル・ライラーです。ようやくお会いできて本当に嬉しいですわワトソン伯爵令嬢。どうか私のことはクリステルとお呼びくださいませ」

「では私のことはカロリーナと。ク、クリステル様」

「はい。カロリーナ様」

同性でも見惚《みと》れてしまうような美しい笑顔でクリステルはそう言った。

彼女の人の良さが滲《にじ》み出たような、そんな好感が持てる笑顔だ。

ライオネルのことがなければ絶対にお友達になりたい！　と思っただろう。

クリステルはライオネルにわざと意地悪そうな顔を向けた。

「殿下が忙しい時間を割《さ》いてでも出迎えたいお気持ちがわかりました。こんなにお可愛らしい婚約者であれば、みっともなく所有権を振りかざして他の男子生徒を牽制《けんせい》したくなりますよね」

「みっともなくとはなんだ。しかし悔しいがその通りだ。何事も最初が肝心だからな」

「まぁ。一国の王子ともあろうお方がマウントを取るだなんて、やっぱりみっともない」

「だからみっともないと言うな」

「ふふふ」

フランクに仲良く話す二人を見て、カロリーナは打ちのめされる。

惨敗《ざんぱい》だ……。二人はお似合いなだけでなく信頼を寄せ合う仲なのだ。

身分を超えてフランクに話し合えるなど、信頼関係が築けているからこそだ。

きっと執行部の仕事を通じて、カロリーナの知らない時間を二人で共有し、いつしか信頼し合う仲となったのだろう。

カロリーナは人知れず一歩、足を小さく後ろに引いた。

やはり自分はライオネルの側にいるべきではない。

少なくともクリステルのいる学園では。

(私は消えますね)

これにてドロン。

カロリーナはよく祖父がそう言っているのを思い出していた。

「まぁいい。カロリーナ、何か困ったことがあったら俺だけでなくクリステル嬢にも頼るといい。同性だから何かと相談しやすい……あれ？　カロリーナ？」

「え？　カロリーナ様？」

今まで確かに目の前にいたはずのカロリーナの姿が消えていることにライオネルは気付き、瞠目《どうもく》した。

マーティンもカロリーナが消えているのを知って辺りを見回している。

「ジャスミン、カロリーナは？」

ジャスミンとは幼馴染であるライオネルが彼女に尋ねた。

だけどジャスミンは困った顔をするのみである。

本当はジャスミンもカロリーナがいつ消えたのか知らない。

誰も知らないのであればカロリーナが自分から消えたということだろう。ライオネルにもそれはわかっているはずだ。

問題はなぜ何も言わずに突然消えたのか。

これは不敬であり無作法な行いだ。貴族の令嬢なら絶対にそんなことはしない。

ましてやカロリーナは妃教育で礼儀やマナーを叩き込まれている身だ。

そんなカロリーナが自らそうした行動を取ったのであれば……

だからジャスミンは親友のためにこう答えておいた。

「お花を摘みに行きたくなったので失礼しますと、殿下に伝えてほしいと言っていましたわ〜。ちょっと焦っていたのでごめんあそばせ〜」

「そ、そうか。大丈夫なのか？」

「さぁ〜？　でも式が始まる前に捕獲しておきますからご心配なく〜」

ジャスミンは手をひらひらと振って、クリステルや他の執行部メンバーと先に講堂へ入っていくライオネルを見送った。

「……まったく……私の可愛いカロリーナったら何をやっているのかしら〜」

ジャスミンは嘆息して、そう一人言《ご》ちた。

◆式の最中に

「……やっぱりここにいたのね～」

もうすぐ入学式が始まろうとしている時間、ジャスミンは講堂近くにある木を見上げてつぶやいた。

「ジャスミィン……うっ……ひっく……」

その木の上には枝に腰かけ、幹にしがみついて泣いているカロリーナがいた。

「あなたコアラじゃないんだから、そんな格好で泣いちゃダメよ～。それで？　どうして殿下の前から逃げ出して泣いているのかしら～？」

ジャスミンがそう言った瞬間、カロリーナは体重も重力も感じさせずに木から地面へと着地してジャスミンに抱きついた。

「ジャスミン～！　私もうライオネル様の前には立てないぃ～！」

そうしてジャスミンにギュウギュウとくっ付きながらカロリーナはおんおん泣いた。

「前に立てないって……はぁ～？　それはまたどぉしてそんなコトになっているの～？」

「だって……私っ、聞いてしまったのっ……うっ、ひっく……」

カロリーナは図書館でマーティンと一緒にいた男子生徒が言っていたことをジャスミンに話して

聞かせた。

「う～ん？　それで殿下の前にはもう立てないと思ったのぉ？」

話を聞き終えたジャスミンが呆れた顔でカロリーナを見る。

カロリーナは愛用の大判ハンカチーフで涙を拭きながら答えた。

「そりゃ……立てないわよぅ……理想のタイプと正反対の私が婚約者というだけでも申し訳ないのにっ……それでさらに今までみたいにベッタリと側にいて、ライオネル様の視界に入り続けるなんて申し訳なさすぎるものっ……」

「でもそれって、殿下の口から直接言われたわけじゃないでしょう？　それに私も昔から殿下のことを見てるけど～好きなタイプは特にないと思うのよね～。強《し》いて言えばぁ？　好きなタイプはカロリーナ、みたいな～？　痩せてようと太ってようとカロリーナが大好きなのよぅあの人は～」

「うっく……ひっく……ほんとう？」

「本当本当～。初めて会った男子生徒と私の言葉、カロリーナはどっちを信じるの～？」

「ぐすっ……そりゃ……ジャスミンだわ……」

「ならもう泣くのはやめて、入学式に出ましょうね～」

ジャスミンはそう言って、カロリーナの涙をハンカチで拭いてあげた。

「うん……ジャスミン……ありがとう……」

「ほらいらっしゃい、カロリーナ」

「うん」

そうしてカロリーナはジャスミンに連れられて講堂へ行き、なんとか入学式に遅刻をせずに済んだのであった。

◇

フィルジリア上級学園入学式は学園長のありがたいお言葉から始まり、続いて来賓《らいひん》各位からの祝辞、そして在校生代表の挨拶と進行していった。

その在校生代表とはもちろん全生徒の最高位、第二王子ライオネルである。

その際に生徒会執行部の面々もライオネルと共に壇上に登った。

(ライオネル様……)

カロリーナは新入生の席から、近くて遠い婚約者の姿を見つめる。

挨拶を述べるライオネルはさすがに堂々としたもので、王族としての威厳に満ち溢《あふ》れていた。

(素敵……! 小さい頃からライオネル様は本当に優秀で、優秀なだけでなく努力も怠《おこた》らなかったものね)

壇上から隅々の生徒にまで言葉が届くよう、広く視線を向けて語るライオネル。

時折視線がかち合うような気がしたが、彼は全生徒を満遍《まんべん》なく見渡しているのだ、それは当然だろう。

ぽぅ……としてライオネルに見惚《みと》れていると、あっという間に挨拶が終わって、次に生徒会執行部からの挨拶が始まった。

そんな中、後ろの席の生徒が小声で話す声が聞こえてくる。

「さっきの方が第二王子殿下？　素敵ね～……」

「なんだお前、王子に惚れたのか？」

「憧れ程度だけどね。……だって私たち平民はこんな式典でもなければ王族のお姿なんて拝見できないもの。でも何よ、私が惚れちゃ悪いっていうの？」

きっと昔からの馴染み同士なのだろう。

男女二人の生徒が親しげにヒソヒソと話している。

聞き耳を立てているわけではないが、すぐ後ろにいるのだから会話の内容が耳に入ってきてしまうのは仕方ない。

男子生徒が女子生徒に向かって言う。

「もしかして、王子と〝自由恋愛〟できるなんて思ってないよな？」

「自由恋愛？　何それ？」

「この学園だけにある伝統的な風習だよ。たとえ婚約者がいる者であっても、在学中は学園内であれば自由に相手を選んで恋愛ごっこで遊べるんだ。知らないのか？　昔からある有名なやつだぜ」

「知らないわ……でも、それなら尚さら私にも王子殿下とその自由恋愛とやらをするチャンスがあるんじゃない？　学園は自由平等を謳《うた》ってるんですもの」

（な、なんですってっ!?）

勝手に聞こえてくるその言葉に、カロリーナの目が丸くなる。

そのとき隣に座るジャスミンがカロリーナの手をぎゅっと握った。

カロリーナがジャスミンの方を見ると、彼女は首を小さく横に振っていた。

そして「部外者が勝手に言っている与太話なんて聞いてはダメよ」と諭《さと》された。

だけど真後ろで話されて勝手に耳に入ってくるのだからどうしようもない。

そんなカロリーナの困惑を察してか、ジャスミンが徐《おもむろ》に後ろの二人に小声で注意する。

「そこのあなたたち、式の最中ですわよ。静かにしてくださらない？」

すると男子生徒の方がジャスミンに言い返してきた。

「なんだよ。あぁ、キミも王子目当てか。だからこの話が気に入らないんだろ？　でも残念、生憎《あいにく》だな。殿下の自由恋愛の相手はもうすでに決まっていて、まさにその真っ最中らしいぜ？」

「は？」

普段おっとりとしたジャスミンのおっとりではない声が響くも、それを打ち消すように男子生徒の横の女子生徒が過剰反応気味に食いついた。

「えっ？　だ、誰とっ？」

「俺のいっこ上の従兄《いとこ》が学園にいるんだけどさ、その従兄《いとこ》から聞いたんだ。ホラ、壇上にいる執行部の紅一点クリステル・ライラー嬢だよ。殿下と彼女が自由恋愛のパートナー同士らしいぞ」

男子生徒はそう言って壇上のライオネルとクリステルを仰ぎ見た。

そしてその言葉に思わずカロリーナは声を発してしまう。

「……え……？」

その様子を見たジャスミンが、握っている手の力を強めた。

「そんなの単なる憶測よ。カロリーナ、聞く耳を持っちゃダメ」

男子生徒は尚も言葉を重ねる。

「憶測じゃねぇよ。二人がいい感じなのは学内でよく見られる光景らしいぞ。自由恋愛はこの学園ならではだけど、いい伝統だよな～」

と言ってから、男子生徒はご丁寧にフィルジリア上級学園伝統の自由恋愛について説明を補足した。

この伝統がいつの時代から始まったものなのかは定かではない。

たとえ婚約者がいる身であっても、同じ学園の生徒同士なら卒業までの期間のみの恋人を持つことが許される。そしてその婚約者は、期間限定の恋愛ごっこを容認しなくてはならないという暗黙のルールがあるらしい。

将来の婚姻が確約されているというのに、異を唱えて相手の自由を奪うような無粋《ぶすい》な真似はするなという風潮に寄るものだそうだ。

自分たちの意思とは関係なく、政略結婚で結ばれることがほとんどの貴族の令息令嬢たち。

そんな彼ら彼女らが一時でも家の柵《しがらみ》から逃れたいという反骨精神からこの自由恋愛の伝統が始まり、長きにわたり続いているのだろう。

そうやって祖父母や親の代から自由恋愛制度で羽目を外した経験があるから、保護者側《サイド》からも文句や苦言が出ることはなく、学生たちは期間限定の恋愛ごっこを謳歌《おうか》するのだという。

そして当然、王族であるライオネルは入学当初から彼と自由恋愛を楽しみたいという多くの女子生徒にアプローチをされていたそうだ。

クリステルがその中から選ばれたのかどうかはわからないが、いつも行動を共にしているライオネルとクリステルが自由恋愛のパートナーだという認識が、いつの間にか学園内に定着したという。

男子生徒は隣に座る女子生徒はもちろん、カロリーナとジャスミンにも釘を刺すように言った。

「まぁそういうわけらしいから、王子の相手になるのは諦めろ。夢を見たくて認めたくないのはわかるけどな、現実を見ろ？」

それを聞き、とうとうジャスミンが静かなる怒りを発した。

カロリーナがライオネルの婚約者であることを知らない上での発言だとしてもあんまりな物言いだ。

「あなた、随分失礼なことを言ってくれますのね〜。お名前は？　家名をおっしゃいなさい〜……」

口調は穏やかでいつもと変わらない様子だが、これはかなり怒っているとカロリーナにはわかる。

だけど今聞いた内容がショックすぎて、その後の会話の内容が全く頭に入ってこなかった。

このところこんなことばかりだなと思うと余計に泣きたくなる。

カロリーナがショックで泣きそうなるのを堪《こら》え、ジャスミンが静かなる怒りを募らせている間に、新入生答辞やその他何もかもが恙《つつが》なく行われて入学式は終わりを告げた。

今日は式だけで解散である。

講堂からわらわらと生徒たちが出てくる中、出入口付近でライオネルが待ち構えていた。

その姿を認め、ジャスミンがげんなりした声を出す。

「……殿下……」

そんなジャスミンを見て、ライオネルは訝《いぶか》しむ。

ジャスミンは一人であった。

「ジャスミン、カロリーナは？　一緒じゃなかったのか？　式には出席していたよな、壇上から可愛い姿がバッチリ見えたぞ」

ライオネルがそう言うとジャスミンはごっそりと表情が抜け落ちた顔を彼に向ける。

「カロリーナなら式が終わってすぐにドロンしましたわよぉ……殿下、あなた一体何をやってるんですの？　なんという面倒くさぁい状況を作ってくれてるんですかぁ……」

「ん？　何がだ？　面倒くさい状況とは？」

要領を得ないライオネルがそう尋ねると、ジャスミンは疲労困憊といった様子で答えた。

「ご自分の胸に手を当ててよぉく考えてくださいませ～……とにかく私は疲れましたわ……もう帰りますぅ……」

「あ、ああ。……お疲れ？」

ライオネルは呆気に取られて、トボトボと歩き去るジャスミンの後ろ姿を見送った。

「ドロンした？　どういうことだ？」

「さあ……？」

ライオネルとマーティンの声は首を傾げている。

自由恋愛の話を聞き、平常心を保てなくなったカロリーナは式が終わるやいなや姿を眩《くら》ませたのだった。

明日から本格的に始まる学園生活。

思い込んだら一直線のカロリーナがどう出てくるか、ジャスミンは頭が痛くて仕方がなかった。

◆おじゃま虫にはなりたくないから

入学式を経《へ》てピカピカの一年生となったカロリーナは、始まった学園生活に胸を弾ませるどころか、背中を丸めて縮こまり身を潜《ひそ》めていた。

昨日の入学式で知ってしまったライオネルの自由恋愛。

この学園では生徒であるうちはそれが許されて、皆が短いアバンチュールを謳歌《おうか》するのだそうだ。

昔はギリギリ最後の一線を越えないくらいの際どい交際をしている者が多かったが、昨今では卒業後の本来の相手である婚約者への配慮から、浅く軽く清いものになっているという。

きっとライオネルも、せめて学生の間だけは自分の理想の相手と楽しい青春の思い出を……と望んでいるのだろう。

クリステル・ライラー伯爵令嬢という完璧な女性と……

「あぁ……私の目から見てもお似合いの二人だわ……」

カロリーナは得意の隠密スキルで物陰に隠れて、中庭に集まっている生徒会執行部メンバーたちを眺めていた。

王子であるライオネルがベンチに座り、他の者は周りを取り囲むように立って談笑している。

そのライオネルの隣にクリステルが座ることを許されているのは、女性であるからか、それともライオネルの特別な存在だからか。

皆で和気あいあいと楽しそうにしていて、その中でライオネルとクリステルは隣同士で一枚の書類に目を落としていた。

そして時折二人で顔を合わせ、何やら意見を交わしている。

その様《さま》さえ絵になっていて、カロリーナは思わずため息をついていた。

「はぁ……クリステル様って、本当にお綺麗な方ね」

品良く揃えられた細くしなやかな足。

姿勢が良く均整の取れた体形を見るに、彼女は運動が得意なのだろう。

美人でスタイルが良くて運動神経までい良いなんて、天はクリステル・ライラーという女性に二物も三物も与えているようだ。

ダメだ。見れば見るほど自分と比べて惨《みじ》めになってしまう。

本来のカロリーナは体形からもわかるように大らかで細かいことは気にしないタイプだ。

自分がポッチャリでスタイルが良くないとわかっていても、他にも取り柄はあると自分のことを嫌いはしなかった。

自分は自分、他者《ひと》は他者《ひと》と、自分の良いところも悪いところも認めて受け入れる、そんな素直な性格の持ち主なのだ。

だがそんなカロリーナも恋する乙女。

恋は時にそんなカロリーナのポジティブさをも凌駕《りょうが》するネガティブな面を生み出すのであった。

（あぁ……ダメだ。これ以上見るとさらに現実を突きつけられ、どんどん惨《みじ》めになる……）

そうすれば自分の中でドロドロした昏《くら》い感情が生まれて、体形以上にみっともない嫉妬《しっと》に駆られるのだろう。

そうなったら自分はきっともう……空の青さを美しいと思えず、そよぐ風に爽やかさを感じず、馥郁《ふくいく》とした紅茶の香りを心地良いとも思えず、肉汁したたるサーロインステーキに舌鼓《したつづみ》を打つことなどできなくなるだろう。

何より大好きなライオネルの幸せを喜んであげられないなんて……

そんな、そんな人間にだけはなりたくはない。

自分はこんな……ライオネルの理想とはかけ離れた存在なのに、それでもライオネルは婚約者としてカロリーナを大切にし、優しくしてくれる。

子供の頃と変わらない気さくさで接し、屈託のない笑顔を向けてくれる。

そういうライオネルだからこそカロリーナは好きなのだ。

そう、好きだからこそ……

「ライオネル様には嫌われたくない……」

自分は婚約者なのだからと意地になってクリステルと張り合い、二人の間に割って入ってライオネルを困らせたくはない。

自由恋愛を応援する気持ちにはなれないけど、せめて嫌われないように、疎《うと》まれないようにだけはしたいとカロリーナは思った。

それに、ライオネルのことだ。彼の方が上の立場であるとしても、きっとカロリーナに自由恋愛についてきちんと説明をした上で承諾を求めてくるはず。

そんなことをされたら、絶対に泣いてしまう自信がある。

（ライオネル様のお口から、別の女性のことなんて聞きたくないわ……）

それを避けるためにも、やはり学園ではライオネルには近付かない方がいいだろう。

近付けば嫌でもライオネルとクリステルの仲睦《なかむつ》まじい様子を目の当《あ》たりにすることになる。

そして、そうなれば酷い嫉妬《しっと》を燃え上がらせて醜態《しゅうたい》を晒《さら》してしまうかもしれないから。

燃え上がらせるのは脂肪だけでいい。

カロリーナはそう考え、気配を消して物陰からこっそりと出た。

去り際にライオネルの楽しげな笑い声が聞こえてくる。

カロリーナの足が思わず止まってしまう。

（なんて楽しそうな声……）

続けてクリステルの鈴を転がすような笑い声も聞こえてきた。

カロリーナは背中にそんな声を受け、ちくちくする胸の痛みに蓋をして今度こそ本当に立ち去った。

◆ジャスミンは好きにさせることにした

幼い頃からの親友であるカロリーナがいらんことを吹き込まれ、落ち込んでいる。

この状況にジャスミンは大きく嘆息した。

学生生活が始まって一週間。完全に誤解を拗《こじ》らせたカロリーナは、婚約者であるライオネルから逃げ回っていた。

「おはようございます殿下！　今日もとっても良いお天気ですわね！　あ、そうそう！　ワタクシ朝の購買でハニーブリオッシュとベーコンエピとクロワッサンとミックスサンドとコシアンデニッシュを買いに行かなくてはなりませんのでこれにて御前を失礼いたしますわ！」

パンの購入を言い訳に立ち去ろうとするカロリーナをライオネルは慌てて引き止めようとする。

「え？　カロッ!?　ちょっ待っ……」

ドンッ！

が、その拍子に近くを通りかかった男子生徒にぶつかってしまった。

「あ、王子殿下っ、大変失礼いたしました！」

ぶつかったのはライオネルなのに、男子生徒は血相を変えて謝罪する。

「ああいや、私の方こそぶつかってしまい申し訳ない……って、アレッ？　カロは？　カロリーナはっ？」

ライオネルも謝罪を返すも、すでに跡形もなく消えているカロリーナに意識を持っていかれてしまった。

と、このように朝、もしくはランチタイムに自ら決めた一日一度の挨拶というノルマを果たしたカロリーナはさっさとライオネルの前から姿を消すという行動を毎日繰り返していた。

カロリーナは姿を眩《くら》ますとき、すぐ側を通った生徒を利用する。

ライオネルの注意を逸らした一瞬の隙を突き、さらに他の生徒の陰に巧みに隠れ、その場を去るのだ。

ライオネルがいつも連れている側近のマーティンと護衛騎士一人の死角も考慮するので、マーティンたちにカロリーナの行方を確認するも、いつも「わかりません。瞬《まばた》きする間に目の前からいなくなりました」という答えしか返ってこない。

その後ライオネルが慌てて購買へ足を運んだりカロリーナの教室へ行ったりしても、カロリーナの姿は見当たらない……

他者から見ればいつもと変わらず颯爽《さっそう》としているライオネルだが、肩が三センチほど下がってる。

明らかに気落ちしていることは、長い付き合いの上、人間観察が得意なジャスミンにはすぐわかった。

そしてライオネルが立ち去った後でカロリーナはひょっこりと出てくるのだ。

そうやって一瞬だけライオネルの前に現れてはすぐに消えて、その後は一切彼の目の前に姿を見せないカロリーナと、カロリーナを捜し回るライオネルの様子を一週間、ジャスミンは目の当《ま》たり《あ》にしてきた。

そんな二人の面倒くさいすれ違いに付き合わされたジャスミンが、それに対してどういう手段を取ったのかというと……結論から言えばカロリーナの好きにさせておくことにした。

というか、ジャスミン自身もライオネルをちょっと懲《こ》らしめてやりたいという気持ちがある。

カロリーナに会えない、触れられないというだけで、あの男にはかなりの打撃となる。

ジャスミンはそれを利用して、ライオネルに東方人の言うところの灸《きゅう》を据えてやるつもりなのだ。

幼い頃から側で見ていれば、ライオネルがどれほどカロリーナにご執心《しゅうしん》であるかは嫌になるほど知っている。

カロリーナ馬鹿と呼んでやりたいくらいカロリーナのことが大好きで、他の令嬢や他国の王女などに言い寄られても見向きもしないライオネルが、クリステルなんていうぽっと出の女なんかに靡《なび》くはずがないとジャスミンにはわかっている。

わかっているからこそ、他の生徒に自由恋愛をしているような誤解を与える行動を取ったライオネルが腹立たしいのだ。

……まぁ何か目的があるのかもしれないが。

この一週間、ジャスミンはライオネルとクリステル・ライラーを注視していた。

確かに入学式であの男子生徒が言っていたように、ライオネルがクリステルと一緒にいる姿をよく見かける。

しかしそれは執行部の仕事の一貫であり、しかも二人きりではなく、他の執行部のメンバーも必ず一緒にいるのだ。生徒会室でもその他の場所でも、二人きりになるということはないらしい。

それなのに学園内でライオネルとクリステルが自由恋愛のペアだと思われているのは、偏《ひとえ》に二人が意図的にそう印象付けているような気がしてならない。

まぁ執行部の中でもライオネルとクリステルは抜きん出て目立つ存在だからかもしれないが。

ジャスミンの冷めたジト目から見ても二人は確かにお似合いだ。

まるで舞台の一場面を見ているような美男美女の二人が恋人同士であってほしいという希望的観測が数多の生徒の中にあり、それがいつしか事実のように一人歩きしているのもあるだろう。

全盛期ほどではないにしても、未だに根強く残っている学園の自由恋愛制度が後押ししている面もあるようだ。

それでは適切な距離を保ち、ただ仲の良い友人同士という関係だけであるライオネルにもクリステルにも防ぎようがないとも思う。

あくまでもクラスメイト、あくまでも執行部のメンバーとしての付き合いの二人が周囲に変な目で見られないようにするには、一切の関わりを断ち切るしかないだろう。

それは現実的な話ではないとジャスミンにもわかっている。

王族たるもの常に様々な意図を孕《はら》んだ視線を向けられる存在であることも理解している。

理解しているが、じゃあこの状況に腹が立たないかといえばそれは別の話だ。

学園内の一部の妄信的な生徒から自分たちの恋仲説が取り沙汰《ざた》されている件について、ライオネルもクリステルもずっとそれを否定し続けている。

だけど周りの者にとって、そんな事実は関係ないのだ。

学園での擬似恋愛ドラマを妄想仕立てで楽しみたい者にはいくら否定しても関係ない。

自分たちがそう見たいからそう見る。

それが数名集まれば集団的心理が働き、許されることだと思い込んでしまう。

そしてそんな外野の声に傷付けられているのは、他ならぬカロリーナなのだ。

当然、ライオネル自身に責任を持って事態の収拾とカロリーナへの誤解を解くという任務を果たしてもらうが、その前に彼には少し罰を与えたい。

愛してやまないカロリーナに避けられまくるという罰を。

ライオネルにとってそれが一番こたえる罰だとわかっているから。

カロリーナにも、ライオネルが必死こいて彼女を追いかける姿を見せた方が良いという考えもある。

「いくら鈍い子ちゃんのカロリーナでも、殿下が泣きべそかきながら追いかけてくる姿を見たらわかるでしょ〜」

自分がいかに愛されているか。

ライオネルはカロリーナの全てが好きなのだということを。

「それに、二人の追いかけっこを見るのがちょっとだけ楽しいしね～♪」

暗部出身である祖父仕込みのカロリーナのステルススキル。

普通に暮らしていて暗部のお手並みなどそうそう見られるものではない。この際だから楽しませてもらおう。

と、ジャスミンは思うのであった。

◇

「おい……おかしくないか……？」

学園内にある王族専用の休憩室でライオネルが唸るようにつぶやいた。

側近のマーティンはその言葉に疑問の声を返す。

「おかしい、とは？」

ライオネルは懐《ふところ》から愛用の大判ハンカチーフを取り出した。

「泣き虫なカロの涙を拭いてあげるために持ち歩いているこのハンカチが、このところドライなままであるというこの状況がだ」

「と、言いますと？」

「カロが入学したら頻繁に涙を拭いてあげる必要があるだろうと何枚も用意している、カロと揃いの大判ハンカチが一枚も濡れていないのだぞ？　これがおかしくないわけがないだろうっ！」

ライオネルが椅子から立ち上がり、叫ぶようにそう言った。

「そういえばここ一週間、カロリーナ様のお顔は一日一回しか拝見できておりませんね」

「なぜだっ？　カロが入学してきたら学業と執行部の勤めの合間に、二人でアハハウフフな学園生活を楽しもうと思っていたのに！　せっかく口うるさい母上の手の者の目が光っていない学園で接することができるのだぞ？　なのに、これでは入学前より会えていないではないかっ！　というか俺はもう限界だっ……カロリーナ不足で窒息しそうだっ……今すぐカロを捕まえて抱きしめてあの柔らかい体を堪能《たんのう》せねば死んでしまう!!」

バンッと両手を机に突いてライオネルが言った。

今はマーティンと二人だけである。

でないと、こんな邪《よこしま》な思考ダダ漏《も》れの王子の発言なんて第三者に聞かせられたものではない。

「殿下……」

マーティンは残念なものでも見るような目でライオネルを見た。

人には決して言えない、知られてはいけないライオネルのカロリーナへの変態じみた執着愛。

マーティンも他の側近も決して外部に漏《も》れないように細心の注意を払ってきた。

あくまでも、〝幼い頃から信頼を寄せ合っている婚約者同士〟という印象を持たれるようにとの王妃の指示により、周囲のイメージをコントロールしてきたというのに、このままではそれが崩れそうだ……

ライオネルの暴走を防ぐべく王妃殿下から定期的に支給されるカロリーナグッズもそろそろ底を

尽きかけている。

カロリーナグッズとは、妃教育でカロリーナが使用したペンや教本などで、カロリーナが好きすぎるライオネルが暴走しそうになるのを防ぐために与える必須アイテムである。

軽い頭痛を感じながらマーティンは言った。

「……殿下、明日はカロリーナ様が妃教育のために登城される日です。王城であればカロリーナ様とお会いできるのではないでしょうか」

マーティンのその言葉を聞き、ライオネルはハッとした。

「そうか……！　そうだった。妃教育の後は俺との定例のお茶会だ……！　マーティン、王城のパティシエにカロリーナの好きな菓子をいつも以上に用意するように申し伝えてくれ」

「かしこまりました」

カロリーナに会える。それだけでライオネルは息を吹き返すのであった。

「明日の分の決裁など、できるものは早めに持ってきてくれ。今夜中に諸々を片付けて明日はカロリーナとゆっくり過ごすぞ」

「はい、ではすぐにそのように手配いたします」

「頼む」

これだ。カロリーナ欲さえ満たされればこの王子は優秀で勤勉でいられるのだ。

落ち着きを取り戻したライオネルにマーティンが告げる。

「殿下、以前より実行中の例の件ですが、イコリスの王太子殿下から定例の報告書が届いております」

「そうか。学園側《こちら》からの定例報告はすでに送っているだろうな？」

「はい。クリステル嬢にも目を通していただき、その後でイコリス《あちら》に使者を立てて直々に送り届けております」

「それでいい。情報の共有を怠《おこた》るな」

「かしこまりました」

マーティンは軽く頭を下げながら思う。

本当にこの王子がポンコツになるのはカロリーナのことに関してだけだな、と。

◆姉より優れた弟は……存在する

「ただいま戻りました～」

「おかえりカロリーナ！　どうじゃ？　学園での隠密行動は順調か？」

カロリーナが学園から帰宅するなり、祖父のハンターがそう尋ねてきた。

カロリーナはきょとんとして祖父に言う。


「お祖父《じい》ちゃま、私は別に隠密行動をしているわけではないのよ？」

「何を言う。あの王子の裏をかき、気取られぬように陰で動いているのじゃろう？　立派な隠密行動ではないか」

「うーん？　そうなるのかしら？」

「なるのじゃ！」

「ふふ。なるほど」

「姉さん、殿下を避けてるの？」

「え……？」

祖父との会話中、ふいに聞こえた声にカロリーナはハッとした。

それが久々に聞いた大好きな声だったからだ。

振り返るとカロリーナが愛してやまない二歳年下の弟、ジェイミー・ワトソンが階段を下りてくる姿が目に飛び込んできた。

ジェイミーが穏やかな笑顔をカロリーナに向けて言う。

「ただいま、姉さん」

「ジェイミー！」

カロリーナは駆け寄り弟に抱きつく。だけどすぐハッとして身を離した。

「あ！　ごめんなさいジェイミー……！　私ったらまた可愛い弟を押し潰してしまうところだったわ」

ジェイミーはまだ十四歳。

前に帰省したときよりも身長が伸びて骨格も幾分かしっかりしたようだが、それでも元々の体質もあるのか線の細い体格であった。

そんな弟に思いっきり抱きついて、何度勢い余って押し倒してしまったことか。

その度《たび》に同じように抱きついても難なく受け止めてくれるライオネルに胸きゅんしつつも、十七歳の青年と一緒にしてはいけないのだと反省するのだった。

カロリーナがしょんぼりしているとジェイミーはなんでもないことのように言った。

「大丈夫だよ姉さん。筋力強化魔法をかけているからね、一トンくらなら余裕だよ」

「えっ？　一トンまで？　すごいわジェイミー！　いつの間にそんな魔法を会得《えとく》したの？　さすがは私の自慢の弟ね」

「……ツッコミどころがあるようなないような……まぁそうじゃな、さすがワシの孫じゃ！」

祖父が嬉しそうに目を細めて可愛い孫二人を褒めた。

こうなれば元暗部出身というだけのただの好好爺《こうこうや》である。

「本当ね、あんなに小さかったのに今では立派な魔術師様だわっ……」

カロリーナは目をウルウルさせて愛用の大判ハンカチーフを取り出し、目元を押さえる。

それを見てジェイミーが肩を竦《すく》めながら言った。

「もう、どうしてそのくらいのことで泣くの。二歳しか年は変わらないし、まだ魔法学校の生徒で魔術師資格は取ってないいんだから」

「でもやっぱりすごいわ！　ジェイミーは私の自慢の弟よ」

そうして感極まったカロリーナがとうとう涙腺を決壊させた。

「姉さんは変わらないなぁ」

ベソをかくカロリーナを見つめるジェイミーの眼差しはとても優しくて温かいものであった。

ジェイミーはこの真っ直ぐで純粋な姉が昔から大好きなのだ。

低魔力者の多いワトソン家では珍しい、先祖返りと言われるほど高い魔力を持って生まれたジェイミー。

それをやっかむ親戚たちに幼い頃はよく「退化の一種だろう」「バケモノじみている」などと心ない言葉を投げかけられてきた。

両親がいない隙を見計らって、わざわざ子供のジェイミーにそう言うのだ。

が、その度《たび》にこの姉は我がことのように憤慨《ふんがい》して庇ってくれた。

「ジェイミーはバケモノなんかじゃないわ！　かわいくてスペシャルで、わたしのたいせつなおとうとなのよ！　それにジェイミーのまほうはすごいのよ！　いつもケーキをすこしだけおおきくしてくれるんだから！」

そうやって自分よりも年上の従兄《いとこ》や大人に怯《ひる》むことなく立ち向かい、ジェイミーを守ってくれた。

一方でカロリーナも、「姉の方は弟に比べて平凡だな」「母親の腹の中に色々と忘れてきたのでしょ？　それを弟の方が拾って生まれてきただけよ」などと優秀なジェイミーと比べられ、嫌味をぶつけられることが多々あった。

だけどカロリーナは、「わたしのわすれものがジェイミーのやくにたてたならうれしいわ！」と言って、いつもけろりとしていた。

どれだけ弟より劣るとバカにされても、それをジェイミーへの褒め言葉と受け取っていた純粋なカロリーナ。

　ジェイミーはそんなカロリーナの心の清らかさこそが、どのような高度な魔法よりも優れていると思っていた。

　姉は弟を、弟は姉を。カロリーナとジェイミーは互いを誇りに思い合う、実に仲の良い姉弟なのだ。

　そんなカロリーナ自慢の弟であるジェイミーは現在、ハイラント魔法学校に在籍している。

　自宅から通うのは困難なので学生寮に入って生活しているが、自身の魔力が貯まるとこうして転移魔法を用《もち》いて帰ってくるのだ。

　今回の帰省はフィルジリア上級学園に通い出した姉の様子を見るのが目的だった。

　この姉に対する執着と溺愛が半端《はんぱ》ない王子がいる学園で、カロリーナがどんな目に遭っているか……それを心配しているのだ。

　昔から王子が大好きで、王子を美化しすぎているカロリーナがいいように転がされていないと良いのだが……と思っていたジェイミーの耳に飛び込んできた、まさかの王子を避けている発言。

　これは一体どういう事態なのか。

　ジェイミーはその後、自分の成長を喜び涙する姉を土産《みやげ》のアデリオール王都饅頭《まんじゅう》で釣って泣きやませてから事情を聞き出した。

　図書館や入学式の出来事によって真実を知り、なるべくライオネルの視界に入らないように心がけているのだという姉の話を聞き終えたとき、ジェイミーは半眼になっていた。

　何をやっているんだ、あの王子は。

いや王子は何もやっていない。全て王子の目の届かぬところで起きたことだ。

だがしかし、なんだろう、この言いようもないモヤモヤは。

姉を愛しているというのなら、一瞬だってこんな悲しい顔をさせてんじゃねーよ！

と、ジェイミーは怒鳴りたくなった。そんなジェイミーにカロリーナが言う。

「でもね、私、ちょっと考え方が変わったのよ」

カロリーナのその言葉にジェイミーは質問した。

「どう考えているの？」

「あのね、今さら婚約解消はできないのだから、せめてライオネル様が学生の間は私に煩《わずら》わされることなく楽しく過ごしてほしい……と、最初はそう思って避けていたのだけど……」

「今は違うの？」

「こうやってあまり会えなくなって、やっぱり私はライオネル様が大好きなんだなぁとわかったの。だから今は、頑張って痩せて綺麗になって少しでも彼の理想に近付いてから、ライオネル様の前に改めて立ちたいなって思ったのよ」

「姉さん……」

くそう、可愛い。我が姉ながらなんて良い子なんだ！

チッ、王子……あの変態クソ野郎が。

ていうかアイツ、姉さんだったら痩せてようが太ってようが絶対関係ないだろ。

むしろムチムチしている方が抱き心地が良いなんて考えてんだろコラ。

ジェイミーはカロリーナに向けて穏やかに微笑みながら、内心ではライオネルに対して散々毒吐《どくづ》いていた。

そんなとき、家令のバーモントがノックの後に入室してきた。

「失礼いたします。カロリーナお嬢様、先ほど城より明日の妃教育の開始時間を一時間早めるとの連絡がございました」

「まぁそうなの。王妃様ったらやる気満々ね。わかったわ、ありがとうバーモント」

「それからお嬢様、明日はその後、王子殿下との定例のお茶会がございますのをお忘れなきよう……」

バーモントがそう言うと、カロリーナは頷いた。

「もちろん覚えているわ。子供の頃からの習慣だもの……でも……そうよね、さすがにその日はライオネル様の御前に出なきゃダメよね……」

自信なさげなカロリーナを見て、ジェイミーは提案した。

「姉さん、それなら僕が呪《まじな》いをかけてあげようか？」

「え？　おまじない？」

「うんそう。僕はまだ魔術師の資格がないから一般的な生活魔法とその他の認められた魔法しか使えないけど、簡単なまじないめいたものならかけてあげられるよ？」

ジェイミーの話を聞き、バーモントが顎に手を当てて言った。

「世間一般ではまじないは気休めやなんらかの対症療法として用《もち》いられることが多いのですが、高魔力保持者のまじないともなるとそれなりに効果を示す……言わば小さな魔法といった感じになるでしょうからな。お嬢様、お守り感覚でかけていただくと良いかもしれませんよ」

「まぁそうなのね。それじゃあちょっと痩せて見えるおまじないでもかけてもらおうかしら」

「そんなのかけていきなり痩せたら、姉さんが病気になったって王子が大騒ぎして軟禁されてしまうよ。だからまぁ、隠密行動のお手伝い的なちょっとしたまじないをかけておくよ」

「うん？」

弟の言葉の意味がよくわからないカロリーナが首を傾げていると、ジェイミーがそっとカロリーナの額に指で触れた。

瞑目《めいもく》して何やら念を込めているのがわかる。

その顔を見て、まつ毛が長いなぁ、我が弟ながら綺麗な顔をしてるなぁ、王都饅頭《まんじゅう》美味しかったなぁとカロリーナが考えているうちに、まじないをかけ終えたようだ。

ジェイミーは悪戯《いたずら》っぽく微笑んだ。

「面食らう王子の顔が目に浮かぶよ」

「うん？」

ジェイミーが一体どんなまじないをかけたのか、さっぱりわからない。

明日は登城する日。王妃と会い、その後ライオネルとも会う。

そこで何が起きるか、想像もつかないカロリーナであった。

◆王家の食卓カロリーナ愛を添えて

「母上、お願いですから今日は定刻より一時間短縮して勉強を終わらせてくださいよ？　せっかくカロが頑張って早く登城してくれるんですから」

王家の朝の食卓。

どんなに忙しくても朝食だけは必ず家族揃ってとるという約束事を大切に守っている王家の面々が集《つど》う中で、ライオネルが母親である王妃に言った。

ほどよく脂の乗ったベーコンをカトラリーで切り分けながら王妃が返事をする。

「そう何度も言われなくてもわかっているわよ。しつこいわねぇ」

心底うんざりした表情で言う妻を見て笑い、モルトダーン国王である父親が言った。

「ライは本当にカロたんが好きだなぁ。でもわかるぞ息子よ。男子たるもの生涯たった一人の女性を愛し、その女性に人生を捧げるべきである。あちらこちらに愛情と種をばら撒くのは恥ずべき行いだ。我が息子たちよ、それを肝に銘じておくように」

「はい父上」

「もちろんです、父上」

王太子である兄アーサーとライオネルが頷くと、父王は満足そうに微笑んだ。

この国王様、十三の年に園遊会で見初《みそ》めた当時伯爵家の末娘であった王妃を、わがままを貫いて婚約者にした挙句、結婚した後も王妃一人を妻とし、側妃も愛妾も持たずにきた。

結婚して二年が過ぎた頃、なかなか子が授からないことから側妃を迎えるように、臣下に強く進言されるもそれを全て拒否したのだ。

いざとなったら弟の息子を養子に迎えると明言までして。

その後ようやく今の王太子である息子が無事に生まれたとき、国王は王妃よりも大きな声でわんわん泣いたという。もちろん嬉し泣きだ。

そんな深い愛情で結ばれた両親の元で育った二人の王子も自ら婚約者を選び、その婚約者だけに心を捧げてきた。

まぁそれもこれもモルトダーンに国力があり、国内外の情勢も安定しているから許されることなのだが。

焼きたてふわふわのパンを千切りながらライオネルが家族に言った。

「そうだ。影を二人ばかり動かしたいのですが、いいですか？」

その言葉に兄王子が反応する。

「暗部の者を？　どうした、何か秘密裏に調べたいことでもあるのか？」

「はい、前々から学園に面倒な奴らがおりまして。イコリス王家との関連もあるので迂闊《うかつ》には動けなかったのですが、どうやらカロリーナに影響を及ぼしてきたよう……」

「なにっ⁉　カロたんにだとっ⁉」

「それならば二人と言わず影をごっそり連れていけ!!　カロたんにウチの護衛騎士を回してもよいぞっ!!」

ダンッと椅子を倒しそうなほどの勢いで立ち上がって声を荒らげた父王と兄王子により、ライオネルは最後まで説明させてもらえなかった。

それを見て母が冷静な声で指摘する。

「お食事中ですわよ。なんです騒々しい、早くお座りなさい」

「あ、はい……」

叱られてしおらしく返事をする二人にすかさず侍従が椅子の背もたれを持ち、椅子を当てがう。

その様子を横目にライオネルが言った。

「とりあえず影は二人で構いません。もしかしたらイコリス側からも影が入るかもしれませんしね」

「何やら学舎《まなびや》で起きているようね」

「影の報告を受けたらまたご報告します」

「そうしてちょうだい。ちょっと面白そうね」

「……ややこしくなりそうだから母上の影は送り込まないでくださいよ？」

「ふふ」

「母上？　頼みますよ？　ホントにやめてくださいよ？」

「うふふ」

「母上？」

「今日も良い天気になりそうだな！」

王家の食卓に、父王の呑気《のんき》な声が色どりを添えた。

◇

「王妃様、カロリーナ様が」

「また？　今日はどんな理由でどこで泣いているの？」

家族でのんびり朝食をとった後、自室で妃教育のためにカロリーナが来るのを待っていた王妃に侍女長が告げてきた。

「昨夜の雨で命を落としたと見られる蝶の亡骸《なきがら》をご覧になられて」

「それで？　そのままその場所で泣いてしまったの？」

「いいえ。人目の多い中庭に面する回廊でしたのでなんとか耐えられました。側にいた侍女に墓を作ってやってほしいと頼まれ、その後ご不浄に行かれて……」

「トイレで泣いたのね。王族たるもの人前で安易に涙を見せるべからず、という教えをちゃんと守ったのね。偉いわ、カロリーナ」

「ふふ。はい」

なんやかんやとこの王家の面々は第二王子ライオネルの婚約者であるカロリーナに相当甘い。

ただ甘やかすだけの夫や息子たちと比べて同性として厳しく接する場面もある王妃だが、将来の王太子妃だけでなく、王子妃の妃教育も手ずから指南するあたり、カロリーナを相当気に入っていることがわかる。

王太子妃選出のためのお茶会でカロリーナを見初《みそ》めたライオネル。

王太子妃の座よりも王城のスィーツと言っていた彼女の可愛い笑顔にやられたという息子のために婚約を結んだだが、本来ならカロリーナのような娘は魑魅魍魎《ちみもうりょう》で犇《ひしめ》く宮廷《コート》で生きてゆくには不向きである。いくら息子の願いとはいえ、表はあっても裏がないような単純な性格の娘は王族の一員としては相応《ふさわ》しくないと判断するべきだったのだろう。

だけど王妃である自分も、夫である国王も、カロリーナ・ワトソンという純粋で綺麗な心の持ち主に惚れてしまったのだ。

加えてあんなにぽやぽやしているくせに、かつて暗部にハンター・ワトソン在りと謳《うた》われたほどの男をも唸らせる身体能力を隠し持つのだ。

王族の妻として足らないものがあるのなら補えばいい。

時に伏魔殿《ふくまでん》と化す宮廷《コート》で生き残れないというならば家族で守ればいい。

何よりあの心優しい娘が大切な息子と生涯添い遂げてくれたなら、親としてこれほど嬉しいことはない。

そう思い、ワトソン伯爵家に婚約の打診をしたのであった。

まぁカロリーナの両親としては、苦労するかもしれない王家に嫁に出すなど本当は不本意であったただろう。

しかし歴史ある家門とはいえ先方は伯爵家、王家からの申し入れを断れるはずもない。

泣く泣く縁談を受けたであろうワトソン伯爵家の家族のためにも、カロリーナは必ず大切にする。

それが、初めての妃教育に王城へ来たカロリーナをこの部屋に迎え入れた日から変わらない王妃自身の決意だ。

そしてその日から数えて七年。

こうして週に一度、カロリーナは妃教育のために王城へとやって来る。

「王妃様、カロリーナ様がお見えになりました」

侍女長が可愛い将来の嫁の訪《おとな》いを告げる。

「よく来たわね、カロリーナ」

「王妃様！」

一瞬、ぱっと花咲くような笑顔になったカロリーナだが、しずしずと王妃の前に立ち、見事なカーテシーで礼を執《と》った。

「ごきげんよう。王妃殿下にあらせられましてはご機嫌麗《うるわ》しく。本日も拝謁賜《たまわ》りましたこと、誠に祝着至極に存じます」

「そうよ、挨拶はとても大切よ、カロリーナ。たとえ臣下に対してであっても誠実に挨拶することを心がけなさい」

「はい。王妃様」

「もう！　二人だけのときはお義母《かあ》様と呼んでちょうだいと言ったでしょう？」

「でもそれはさすがにダメだとお母様が……」

「生真面目なキャメロンらしいわね。じゃあそれは後々の楽しみに取っておくことにしましょう」

「ふふ。私もそう呼べるのを楽しみにしております」

「あーん可愛いわ、カロリーナ！　ライオネルではなくわたくしのお嫁さんになりさい！」

そう言って王妃はカロリーナを抱きしめた。

それからいつも通りに教本を広げ、語学や王家のしきたりについて学んだ。

教本を手にしたカロリーナが首を傾げる。

「あら？　王妃様、この教本は真新しいものではないですか？　以前使っていたものはどうされたのです？」

「……ちょっとね、欲しいという者がいて」

顔に笑顔を貼り付けたまま王妃が答えた。

まさかライオネルの暴走を鎮めるためにカロリーナの持ち物を与えているとは言えない。

「まぁ、このペンもインクも新しいものだわ」

「おほほほほほ」

もはや笑って誤魔化せの王妃であった。

その頃、ライオネルはというと……

「まだ勉強は終わらんのかっ」

「……殿下、約束のお茶会の時間まであと二時間もありますよ。執務があるのにこんなに早く待たなくても……」

早くカロリーナに会いたくて堪《たま》らないライオネルと、それを残念な目で見ながら宥《なだ》めるマーティンの姿がお茶会の場所となるサンルームにすでにあった。

◆二人のお茶会

「はい、よくできました。では今日はここまでにしましょう」

カロリーナが提出したノートを確認し終え、王妃が言った。

妃教育のために二時間きっちり経った時刻。

「そういえば今日は一時間早く始まりましたね。だから終わるのも一時間早いのですか？」

カロリーナが尋ねると王妃は頷いた。

「そうなの。ライオネルが今日は早くお茶会を始めたいとうるさかったから……ごめんなさいね、わがままな子で」

「とんでもないです。でも予定を早めるほどお忙しいなら無理にお茶会をされなくても……私はこれで失礼しますから、ライオネル様にご公務頑張ってくださいとお伝えくださいませ」

痩せて綺麗になるまではなるべく彼の前に立たないようにしようと決めたのだ。

会わずに済むならそうしたい。

それに王城のパティシエのスィーツを見たら、ダイエットの決心が揺るぎそうだ。

しかし王妃はそれを却下した。

「あらダメよカロリーナ。もうお茶会の準備はできているのよ。城の者の仕事を無駄にしてはいけないわ」

「あ……！　そうでした。私ったら皆の苦労も考えずに……ごめんなさい。罰として一週間、大好きなリブロースを絶ちます！」

「いえそこまでしなくていいのよ？　お茶会に出れば問題ないのだから」

やんわりと茶会への出席を促す王妃に対し、まさかライオネルに会わずに帰りたいとは言えないカロリーナであった。


そうして王妃の部屋を辞し、お茶会が開かれるサンルームに向かう。

案内のための侍女の後ろを歩きながら、カロリーナは小さく嘆息する。

(ライオネル様の前に……立ちたくないわ。いつもクリステル様を見ているライオネル様を私の姿のせいでガッカリさせてしまうのが申し訳ないもの……まだ少しも痩せていないし、やっぱり今日はご挨拶だけして帰りましょう)

きっとライオネル様もその方がいいだろう、と考えているうちにサンルームへ着いてしまった。

侍女はここまでのようで、「それではごゆるりとお楽しみください」と一礼して去っていった。

カロリーナは覚悟を決めてノックする。

そして扉を開けた瞬間……

「カロッ!!」

「ぶべっ」

ライオネルに抱きしめられた。顔に硬い胸板を押し付けられ、思わず変な声が出てしまう。

ライオネルはなぜか切羽詰《せっぱつ》まった様子でカロリーナをぎゅうぎゅうと抱きしめ続ける。

「あぁ……カロだ、カロリーナだ……ようやく抱きしめることができた」

「ライオネル様っ……く、苦しいですっ」

「はぁぁぁ……柔らかい、癒される……」

ライオネルはどうしたというのだ。

ハグなどのスキンシップはこれまでもあったが、こんなにがっつり抱きしめられるのは初めてかもしれない。

「ライオネル様っ……？」

「カロ……可愛い……かわ……」

ゴホンッ！

カロリーナを堪能《たんのう》するライオネルに、マーティンが大きな咳払いで釘を刺す。

そして声かけも追加で行い、ライオネルに自重を促した。

「殿下」

「……………」

それでもカロリーナを離さないライオネルにマーティンが言った。

「王妃様の影が見ているはずですよ」

「チッ」

口惜しそうに舌打ちをしてようやくライオネルはカロリーナを解放した。

ふぅ……胸が苦しかった、と思うカロリーナの手をライオネルが握る。

「待ってたよカロ。さぁ座ろう」

「いえ……あの、私ちょっと用事が……」

「カロリーナの大好きな菓子ばかりを用意してもらったんだ」

「!!」

今日はもう帰ると告げようとしたカロリーナの言葉を、ライオネルの誘惑が遮《さえぎ》った。

思わず目をやったテーブルにはババロアやサバラン、マドレーヌやクリームがたっぷり載ったマフィンや宝石のようなゼリーが所狭しと並んでいる。

しかしカロリーナは鉄の心《アイアンハート》で抵抗する。

「くっ……で、でも私、今日は……」

「口直しにローストビーフもあるぞ」

「!!」

確かにサイドテーブルには調理長自慢のお口の中で蕩《とろ》ける柔らかローストビーフが用意されて

いた。

それでもカロリーナはマシュマロになりかけのアイアンハートで頑張った。

「いえっ私っ……」

「東方の国よりお取り寄せした号剛一《ごうごういち》の肉饅頭《にくまんじゅう》もある。カロの大好物じゃなかったか？」

「大好きです♪」

「良かった、一緒に食べよう」

「はい！」

アイアンハート、肉饅頭に負ける。

いや、アイアンハートが肉饅頭ハートになった瞬間であった。

そしてさっそく美味しいスイーツや肉饅頭《にくまんじゅう》を堪能《たんのう》する。

(もう、私のバカ。結局ライオネル様に醜態《しゅうたい》を晒《さら》して……でも美味しい♪　でも罪悪感が……でも美味しい♪　でも罪悪感が……)

甘いものとしょっぱいものの無限ループと、幸福と後悔の無限ループがカロリーナを苦しめる。

それにしても……

カロリーナはイチゴのババロアを口に含みながらライオネルをチラリと見た。

「……！」

微笑ましそうな表情でこちらを見ているライオネルにカロリーナの心臓が跳ね上がった。

ライオネルは一心不乱に食べる自分を昔から変わらぬ優しい眼差しで見守ってくれている。

クリステルと出会う前なら、幼い頃からの習慣としてカロリーナをそんな風に見つめてくれるのもわかる。

だけど学園で理想の女性と出会ったライオネルが、なぜまだこの残念な婚約者にこんな眼差しを向けてくれるのかがわからない。

カロリーナはお飲み物と化したローストビーフを嚥下《えんげ》した後《のち》、ライオネルに声をかけた。

「あのぅ……ライオネル様……」

「うん？　どうしたカロ」

「なぜそんなに私ばかりを見ているんですか……？」

「決まってる。食べているカロが可愛いからだ」

「か、可愛い……？　悍《おぞ》ましいじゃなくて？」

「おぞ……？　俺の可愛いカロリーナが悍《おぞ》ましいわけがないだろう……？」

ライオネルは昔からカロリーナのことを可愛いと言ってくれる。

それを真に受けてきたわけではないが、今ではそれは婚約者に対するリップサービスなのではないだろうかと、カロリーナは思ってしまうのだ。

「わ、私はこんな見た目ですし……」

「何を言う？　カロリーナはこの世で一番可愛い。もう全身、それに中身も全てが可愛い俺の婚約者だ」

「で、でも……」

「ん？　カロ、なんだ？　何をそんなに気にしている？　思ったことはなんでも話してくれ。解決できる問題なら二人で解決しよう。そうでないのなら王家の権力を使って無理やり……え、カロリーナ……？」

「え？」

瞬間、カロリーナの中で何かが弾けたような感覚がした。

正面のライオネルの目がどんどん見開かれていく。

「ライオネル様？」

「はっ⁉　……カロが消えたっ⁉　そん……そんなバカなっ‼　カロッ⁉　カロリーナッ‼」

ライオネルが慌てて椅子から立ち上がり、騒ぎ出す。

（ど、どういうこと？　私は変わらず目の前にいるのだけど……）

呆然とするカロリーナの姿はちっとも見えていないらしいライオネルが、サンルームの一画に控えていたマーティンを呼ぶ。

「マーティンッ‼　カロが目の前で消えたっ！　お前、何か知らないかっ⁉」

「い、いえっ……俺も一瞬のことで……全くわけがわからず……！」

どうやら二人にはカロリーナの姿が見えていないらしい。

さっきまでは普通だったのに……

そこでカロリーナは弟ジェイミーの〝おまじない〟を思い出した。

ジェイミーはカロリーナの隠密行動を助けるまじないをかけると言っていた。

確かに姿が消えたように見えなくなるのはそうだろうけど……

（これはジェイミーの悪戯《いたずら》ね）

カロリーナはそう思った。でもありがたいからこのまま帰らせてもらおう。

まだ残っているスィーツや料理に未練はあるけれど、これ以上食べたらますます太り、ますますライオネルの理想の女性からかけ離れていく。

（これ以上がっかりさせたくないもの）

カロリーナが突然消えたと城内の暗部に緊急招集をかけるように指示を出し、右往左往するライオネルを横目に、カロリーナは部屋に備え付けのライティングテーブルで「暇潰しに練習した魔術の効果が今頃現れただけなので心配しないでください。今日はこのまま帰ります」という置き手紙を書き、サンルームを出た。

魔術の練習などと嘘も方便だが、ジェイミーが城を騒がせたとお叱りを受けるのは絶対に避けたい。

透明人間になったカロリーナはそのままてくてくと城の中を歩いていった。

ワトソン伯爵家の馬車の前まで辿り着く頃にはジェイミーのおまじないの効果は消え、いつものカロリーナに戻っていた。

そうして馬車に乗り帰ってきたカロリーナをジェイミーがしたり顔で出迎えた。

「おかえり姉さん。殿下の奴、驚いていただろう」

カロリーナは侍女のエッダに持っていたレティキュールを渡しながら弟に言う。

「もう大変な騒ぎになったわよ。どうしてあのおまじないを私にかけたの？」

「だって姉さん、ホントは殿下とお茶会なんてしたくなかったんだろ？」

「え？　えぇ……まぁ、せめて痩せるまではあまり接しない方が良いと思って……」

「姿が消えたから何食わぬ顔で帰ってこられた、違う？」

「違わないわ。やっぱりすごいわジェイミー。帰りたくなることを想定しておまじないをかけてくれたなんて！」

「あはは」

姉は素直に〝おまじない〟と信じているが、あれは実は極めて短時間だけ効果を示す『認識阻害魔法』をかけたに過ぎない。

学生が練習のために使用が許可されている三十分程度のもの。

発動条件は「カロ」という言葉。

王城でカロリーナのことを「カロ」と呼ぶのはライオネルしかいない。

ライオネルと接触して彼が「カロ」と呼んだ瞬間から十五分程度で魔法が発動するように仕込んだのだ。

これも学生が許されている使用範囲なので、万が一バレても問題はない。

あのくそムカつく王子に大事な姉を堪能《たんのう》させてなるものか。

どうやら上手くいったらしいと、ジェイミーはほくそ笑んだ。

その後、さっさと浴室に入ったカロリーナの入浴中に、心配したライオネルがワトソン伯爵家を訪れたが、たまたま両親が不在で代わりに対応したジェイミーが「姉はもう休みました」とけんもほろろに告げて帰っていただいたという。

ワトソン家では、いやジェイミーにしてみれば、第二王子の権威はどうでもいいようだ……

◇

夜、エッダもすでに就寝の挨拶をして下がった後、カロリーナは窓辺に座りぼんやりと考え事をしていた。

なんとなく今日のライオネルの様子が気になって眠れないのだ。

(ライオネル様、今日はなんだかいつもと違う感じだったわ)

まるでカロリーナを求めていたかのような、そんな抱擁《ほうよう》から始まり「可愛い」のオンパレード。

(どうしてあんなに可愛いと言ってくれたのかしら……わ、私のこと、本当に可愛いと思ってくれているのかしら……)

自分の頬が熱を帯びるのを感じる。

(でもやっぱりおかしいわ。だって食べてばかりの私を見て、どこが可愛いと思えるの?)

そこでカロリーナは気付いた。

「可愛い」にもいろんな種類があるということに。

(そうだわ、私だってジェイミーに対しては「可愛い」といつも口にしているわ……)

寝癖でピンと跳ねた髪も可愛いし、祖父に対する悪戯《いたずら》が成功して悪い顔で笑う表情も可愛いと思い、それを口にする。

それはジェイミーが可愛い弟だから。

だからどんなジェイミーも可愛いと思うのだ。

(ライオネル様の「可愛い」はきっと昔から知る妹のような感覚での発言だったのだわっ……それなのに私ったら……)

「クリステル様にはきっと、可愛いではなく、綺麗だとか美しいとか言っておられるのでしょうね……」

カロリーナはぽつりとそうつぶやいた。

仕方ない。こんなにみっともない自分では仕方ない。

カロリーナは膝を抱えてうずくまった。

しかしカロリーナの長所は、辛いことが起きても寝て起きたら大概はけろりとしているところである。

翌朝。昨夜はライオネルの理想の女性であるクリステルと自分を比べて現実の厳しさに打ち拉《ひし》がれていたが、起きて目を覚ましたカロリーナは前向きになっていた。

……まぁカロリーナの場合は斜め前向き思考だが。

「くよくよしていても仕方がないわ！　今日からまた気持ちを入れ替えてライオネル様の前から消

えるように努めましょう！　そして絶対に痩せるんだから！」

◆このところよく会う用務員さん

「ごきげんよう殿下。これから授業ですか？　あ、もうチャイムが鳴りますわね。私、次の授業のために教室移動がありますのでこれで失礼いたします！」

「待て、カロリーナ！　なぜいつもこう時間のないときに声をかけてくるのだ。その後どれだけ捜しても会えないというのにっ、ちょっ……カロ？　カロリーナッ？」

相変わらずカロリーナは婚約者である第二王子ライオネルから距離を取り、接触を避けていた。

この日も休み時間ギリギリのタイミングを利用してライオネルに声をかけ、一日一度の挨拶のノルマを果たした。

今日は廊下の曲がり角を利用してライオネルを撒く。

廊下の角を曲がると見せかけて素早く天井までジャンプし、梁《はり》を利用して身を潜《ひそ》め、天井裏に潜《ひそ》める場所があればそこに身を隠す。

今日も角を曲がった瞬間に、そこにある物置に音もなく忍び込み、慌てて追いかけてきたライオネルから逃れたのであった。

しかしその場所に先客がいたのには驚いた。

その服装から彼女が学園に雇われた女性用務員であるとわかり、カロリーナは努めて冷静に挨拶をした。

本当は心臓が口から飛び出しそうなほど驚いたのだが。

「やだ私ったらご不浄と間違えましたわ。失礼いたしました」

そう言ってさっと物置を出る。

(びっくりしたわ。人の気配を感じなかったから入ったのに。やっぱり私はまだまだね)

カロリーナはそう一人反省会をしながら学園内を歩いていった。

そしてまたあるとき、もう挨拶のノルマはクリアしたというのに執行部の面々と歩いてくるライオネルと鉢合わせになりそうになった。

そのため咄嗟《とっさ》に身を隠した木の上で別の用務員の男性と遭遇したのだった。

まさか用務員が木の上で作業しているなどと思わなかったカロリーナは、コレまた努めて冷静に声をかけた。

「お仕事中、お邪魔してごめんなさい。どうしてもこの木に登ってみたくなって……すぐにお暇《いとま》しますわね」

そう言ってカロリーナは慌てて枝から飛び下り、羽のように軽く地面へと着地した。

(またまたびっくりしたわ。木の上で音もなく作業をしているなんて……きっともの凄くプロフェッショナルな用務員さんなのね)

だけどその後も、ことある毎《ごと》に潜伏した先でその二人の男女の用務員とかち合うのだ。

これにはさすがにカロリーナも何かを感じた。

（こんなにも頻繁にあの人たちと鉢合わせするなんて……）

「とってもお仕事熱心な用務員さんなのね！　学園中隅々にまで気を配ってくれているのだわ。彼らのお仕事の邪魔をしないように気を付けなくちゃ！」

人を疑うということを知らないカロリーナであった。

◇

一方、学園に送り込んだ王家直属の暗部二名から、ライオネルは衝撃の事実を告げられていた。

「……………カロリーナが俺を避けて陰に身を潜《ひそ》めているだとっ……!?」

王家に仕える〝影〟と呼ばれる暗部諜報員がそれに答える。

「命を受けた例の件を調べていると、幾度となくかのご令嬢と潜伏場所がダブルブッキングしました。そしてご令嬢が身を潜《ひそ》めたそのとき、必ず言っていいほど殿下のお姿が近くにありましたので、そのように判断した次第にございます」

「な、な、なぜだっ……？　なぜ俺がカロに避けられねばならんのだ……？」

わなわなと震えるライオネルに諜報員が言う。

「それにしてもご令嬢の見事な身のこなし。さすがはワトソン家のお方と感心いたしました。できますれば暗部にお誘いしたいほどにございます」

「バカを言うな……いやそれよりもこれはいかん！　何がなんでもカロリーナを捕まえてきちんと話をしなくてはっ」

「元暗部の指導を受けたご令嬢ですよ。殿下に彼女を捕まえることは難しいかと」

「難しかろうがなんだろうが捕まえねばならんっ！　影を増員してでもカロリーナを捕獲する。ひとまずは任務内容を変更する、作戦名『カロたん捕獲大作戦』だっ。皆心してかかれっ、もちろん俺もなっ！」

やっとこさ婚約者に避けられていると気付いたライオネル。

いや薄々、もしかして？　とその可能性が頭を過《よぎ》ってはいたものの、素直なカロリーナから寄せられる好意に慢心していたのだ。

恋は盲目、そして自己過信の代償を払わされる羽目になった男とカロリーナの追いかけっこが今、幕を開けようとしていた。

◆カロリーナ、絡まれる

「……お嬢様、ダイエットされるとおっしゃってませんでしたか？」

ワトソン伯爵家の朝食の時間、昨夜は遅くまで読書をしたせいで少し寝坊をしたキャメロンがダイニングに行くと、カロリーナの専属侍女であるエッダがそう言ったのが聞こえてきた。

続けて娘カロリーナの声も耳に届く。

「してるわよ？　え？　もしかしてこの脂がとってもジューシーなジンジャーポークソテーがダメ？」

「バケツポテトサラダもよろしくないかと」

「でもジャガイモはお野菜よ？　それにマッシュしているからカロリーも潰されてるんじゃないかしら？」

「どんなご都合カロリーゼロ理論ですか。本当にお痩せになる気があるのですか？」

「あるわ！　だってライオネル様にこれ以上嫌われたくないもの……わかったわ。じゃあ……ポテトサラダは諦める……」

「そんな血を吐くような言い方をしなくても……それにジンジャーポークソテーを諦める、というお考えはないのですね」

「ご、後生ですっ……こ、この子だけはっ……！」

などという会話が聞こえ、キャメロンが二人に声をかけた。

「おはよう二人とも。どうしたの？　まさかカロリーナ、あなたダイエットするの？　一体どういう風の吹き回し？」

ダイニングにやって来た母の姿を見てカロリーナは笑みを浮かべ、エッダは頭を下げて出迎えた。

「おはようございますお母様。そうなの、私頑張って痩せて綺麗になろうと思って」

「アラ、どうして急に？」

「だって……ライオネル様の理想の女性に近付きたくて。今の私は正反対だから……」

娘のその発言にキャメロンは眉間にシワを寄せて訝《いぶか》しむ。

「殿下の理想の女性？　正反対？　……なぁにソレ？　詳しく話してちょうだい」

其処《そこ》はかとない母の圧を感じ、カロリーナは図書館で聞いたことから始まった一連の騒動の内容を詳しく話した。

キャメロンは何も言わず静かにカロリーナの話を聞いていたが、なぜか手にしていたオレンジジュースの入ったグラスがメキメキと音を立てていた。

一応話し終えたところで登校時間となったのでカロリーナは自邸を出たが、母がバーモントに「王妃様に謁見の申し入れを出して」と言っていたのが聞こえた気がした。

◇

そしてその日のランチタイム。

学園のカフェテリアのテラスで一緒に食事をしているジャスミンがカロリーナに言った。

「あらカロリーナ、今日のランチはそれだけ～？　どこか具合が悪いの～？」

ジャスミンの視線はテーブルの上、カロリーナの前に置かれている山盛りシーザーサラダとツナとゆで卵のマカロニサラダ、ビーンズサラダにベーコンチップの食感が楽しいコールスローサラダ、それと焼き野菜のマリネ風サラダへと注がれていた。どれも盛り盛りと大皿によそわれている。

「どこも悪くはないわ。でもダイエット中だから軽くサラダだけにしておこうと思って」

「軽く～って量じゃないけどね～。ところで今日は堂々とテラスで食事していていいの～？　殿下に見つかったら困るからといつも隠れて食事してたじゃな～い？」

ライオネルは基本、生徒会室で執行部の面々と意見交換をしながらのパワーランチをとっている。それでもカロリーナは念のために、いつも食堂の片隅の目立たない位置で食事をしているのだった。

もちろんジャスミンはそれに文句も言わずに付き合ってくれている。

カロリーナは本日のAランチ、エビドリアとトマトサラダと焼きたてパンのセットを食べているジャスミンに答えた。

「今日はライオネル様、まだ登校されていないそうよ。ご公務かしらね？」

「なるほど。それでカロリーナはのびのびしているのね～」

そんなことを話しながら二人で楽しく昼食をとった。

そして食べ終えて食器を返却口に戻したとき、ふいに声をかけられた。

「失礼、あなたがワトソン伯爵令嬢？」

「え？」

カロリーナが声の主の方を見ると、そこには小柄な女子生徒が立っていた。後ろには数名の男女を交えた生徒を従えている。学年章を見ると二年生であることがわかった。

「はい。カロリーナ・ワトソンは私《わたくし》ですわ」

カロリーナがそう返事をした途端に相手の視線がキツイものに変わった。

「……あなた、よく平気でいられますのね」

「え？」

「そんなスタイルで……まぁお顔は人より整っておいでだけど、それでもそんな肉厚な体形でよく第二王子の婚約者《フィアンセ》なんて名乗っておられますわね」

「学園でそう名乗ったことはないのですが……」

カロリーナが答えると、後ろにいた黒髪の女子生徒が何やら彼女に耳打ちをした。

それを受けてかどうかはわからないが、女子生徒がカロリーナに言う。

「あなた、王子殿下とクリステル・ライラー様の自由恋愛を邪魔しているんですって？」

「え？　えっと……？」

邪魔どころか、それを見たくなくてライオネルとクリステル嬢から逃げまくっているカロリーナには、なんのことだかさっぱりわからない。

首を傾げるばかりのカロリーナの代わりにジャスミンがその女子生徒に言った。

「あぁ。あなたたち、王子と隣国令嬢の許されざる恋の妄想劇場を本気で信じている痛い人たちってワケね～」

「妄想劇場って……！」

「痛いとはなんだっ……!!」

口々に文句を言う生徒を無視してジャスミンが続ける。

「それで～？　まさか王家が認めた婚約者であるワトソン伯爵令嬢に向かって、身の程を弁《わきま》えて身を引けとか言うんじゃないでしょうね～？」

「認めたとは言っても子供の頃の話でしょう？　学園で真実の愛に出会った王子殿下の足枷《あしかせ》になっているのがわからないのっ？」

「足枷《あしかせ》……」

表情を暗くしてその言葉をつぶやくカロリーナにジャスミンが声をかけた。

「カロリーナ、何もわかっていないおバカさんの発言なんて真に受けちゃダメよ～」

ジャスミンの言葉に女子生徒がカッとなる。

「バカとは何よ！　現実を教えてあげてるんじゃないっ！　誰がどう見てもあの麗《うるわ》しい完璧な王子殿下に相応《ふさわ》しいのはクリステル・ライラー様よっ!!　あなたみたいな人は今すぐ婚約を辞退するべきだわっ!!」

捲《まく》し立てるようにそう言われ、カロリーナは困った。

そんなこと、他の人間に言われずとも自分が一番よくわかっている。

わかっているからこそ、こんなにも苦しくて必死に足掻《あが》いているのではないか。

カロリーナは女子生徒やその連れの生徒たちに言った。

「ご心配をおかけしてごめんなさい。全ては私が不甲斐《ふがい》ないばかりに周りの方に迷惑をかけて……」

「あらご自分でも分不相応だとわかっているんじゃ――」

「でも」

カロリーナの謝罪を聞き、これ見よがしに喜色満面となる女子生徒の言葉を遮《さえぎ》って、カロリーナは続けた。

「でも、だからこそ私はこれまで七年間、少しでもライオネル様に相応《ふさわ》しい人間になろうと努力してきたつもりです。そして王妃様には妃教育で七年もの間ずっとご指導を賜《たまわ》りました。そこまでしていただきながら、その上婚儀を二年後に控えて今さら婚約を辞退するなど許されることではないのです。少なくとも私にはできません。私が次期第二王子妃に相応《ふさわ》しくないとお考えなら直接、モルトダーン王室に陳情書をお出しください。陛下も王妃殿下もお話のわかるお心の広い方です。きっと皆様のご意見に耳を傾けてくださるはずですわ」

「っ……！」

カロリーナは素直な気持ちでそう言ったのだが、王家に陳情書を提出するなど、一介の貴族令嬢や平民にできるわけがない。

カロリーナの言葉を受け、ジャスミンが当て擦りのように言った。

「そうね～、それがいいわ～。国王陛下が決められた婚約が気に入らないなら直接言えばいいのよぅ。自分たちの理想の女性がお相手じゃないからこの婚約は取りやめてくれ～とね。もちろん、すでに準備が始まっている婚儀のためにかかった公費は破談になった後、言い出したあなた方が支払うのよね？」

「つな……!?」

「そ、そんなつもりで言ったんじゃ……」

「あくまでも一般論を……」

「そんなことできるわけが……」

途端にしどろもどろになる生徒たち。

黒髪の女子生徒だけが尚も忌々《いまいま》しげにカロリーナとジャスミンを睨みつけていた。

そのとき、凛《りん》とした涼やかな声が聞こえた。

「あなたたち、そこで何をやっているの？」

カロリーナもここにいる皆と同じく息を呑む。

「「「……………！」」」

「出ましたわね完璧令嬢～」

ジャスミンがボソッとそうつぶやいたのを聞きながら、カロリーナは小さな声で「クリステル様……」と彼女の名を口にする。

カロリーナたちの騒ぎを聞きつけたのか、渦中のクリステル・ライラーが側にやって来たのであった。

カロリーナとは入学式以来の接触となる。

クリステルはカロリーナに軽く会釈《えしゃく》して、婚約を辞退しろと絡んできた生徒たちに向かって言った。

「何度言ったらわかるの？　私と第二王子殿下は恋仲であるどころか互いに恋愛感情などない、ただのクラスメイトだと明言しているのに。それなのにとうとうカロリーナ様に自分たちの妄信を押し付けたのね……あなたたち、いい加減にしてくれないかしら」

普段温厚で相手が誰であろうと分け隔《へだ》てなく接するクリステルからの叱責に、生徒たちは狼狽えながら何も言えず俯いた。

クリステルは黒髪の女子生徒を一瞥《いちべつ》した後《のち》、カロリーナの方へと向き直る。

「カロリーナ様、迷惑をかけてしまってごめんなさい。詳しくは殿下に伺ってほしいのだけれど、これには事情があって……でもこの人たちを放置しておいてあなたに不快な思いをさせたことに変わりはないわね、本当にごめんなさい」

そう言ってクリステルは頭を下げた。それを見た周りの生徒から声が上がる。

その生徒もおそらくライオネルとクリステルが本当は想い合っていて、カロリーナが邪魔をしていると思い込んでいるのだろう。

「しかし！　王子殿下は絶対にライラー様を愛しておられるはずです！　だってあんなにお似合いでいつも一緒にいらっしゃるのに！」

それに対し、クリステルは硬質な声で答えた。

「見た目が似合っているから想い合っているなんておかしな考えだと思わないの？　それに一緒にいる機会が多いのは執行部の役員同士だからです。他のメンバーもいつも一緒なのに。あなた方のその恋愛脳で言うならば、私は執行部メンバー全員と恋人にならなくてはいけないわ」

「それは……でも、王子の気持ちはわからないじゃないですか……」

クリステルの発言を受けてもその生徒は認めたくないようだった。

ライオネルはクリステルを愛していると信じ切っているようだ。

「あらま〜。完璧令嬢、まともな考えの持ち主だった〜」

ジャスミンがぽつりとつぶやくのを聞きながら、カロリーナは目を丸くしていた。

（クリステル様はライオネル様に恋愛感情はないということ……？　自由恋愛のパートナー同士じゃないの……？　もしかしてライオネル様の片想い？）

そんなカロリーナの思考がわかるのか、ジャスミンが言う。

「カロリーナ〜、今考えたことは違うと思うな〜」

「え？　違うって？」

目を丸くしたままジャスミンを見たとき、今度は後ろからふいに名を呼ばれた。

「カロリーナッ!!」

「！」

声がした方向、カフェテリアの入口付近に視線をやると、そこにはやはり、婚約者であるライオネルがいた。

今まで見たことがないほど焦燥感《しょうそうかん》に満ちた真剣な眼差しをカロリーナに向けている。

「ライオネル様……」

カロリーナがその名をつぶやくと同時にライオネルが言った。

「可愛いカロ……大切な話がある。どうか逃げずに俺の話を聞いてほしい……っておい、カロリーナッ!!」

気付けばカロリーナは走り出していた。

あんなに真剣な表情のライオネルは初めてで、何を言われるのか聞くのが怖くなったのだ。

クリステルは否定したが、ライオネルはそうでないのでは？

婚儀を取りやめることはできなくても、クリステルを想い続けることは許してほしいなんて言われたら？

もしくはクリステルを側妃に迎えたいと言われたら？

あくまでも憶測に過ぎないとわかっていても、絡んできた生徒たちとのやりとりでカロリーナの心はもういっぱいいっぱいであった。

今は何も聞きたくない。何も知りたくない。

逃げても問題は解決しないのだが、足が気持ちを反映して動いてしまうのだから仕方ない。

背後からライオネルの声が追ってくるが、カロリーナはそれに構わず走り続けた。

◆噂の先導者

「……え？　逃げた……？？」

ライオネルが呆然としてつぶやく。

「逃げましたね……」

ライオネルの姿を認めた途端に走り去ったカロリーナを見て、クリステルも呆気に取られながらそう言った。

「逃げちゃいましたわね～」

ジャスミンは若干楽しそうだ。

「逃がさんっ!!」

ライオネルはそう言い、耳元に手を当て魔法相互通信機《マジックインカム》で指示を飛ばす。

「コードネーム・ムチコちゃんが学園西方へと逃走した。各員配置につけ」

そのライオネルの様子にジャスミンが訊いた。

「コードネーム・ムチコちゃん？　……殿下？　もしかして学園に暗部でも配置しているんですか～？」

ライオネルはブレザーを側近のマーティンに渡し、腕まくりをしながら答えた。

「瞬足のカロを捕まえるなど、俺一人では無理だからな。影を使って誘導し、最後には俺が捕まえる」

「あらら～さらっと卑怯者発言をされているの、わかってます～？」

「なんとでも言ってくれ。今の俺の最重要課題はカロリーナを捕獲して愛を囁《ささや》く……いや、愛を叫ぶことだ。どんな汚い手を使ってでもカロを必ずこの手に取り戻す！」

開いた手をぎゅっと握るライオネルをジャスミンはジト目で睨《ね》めつける。

「ご自分の対応が全て悪かったと反省してますか～？」

「……反省してる……今朝カロのお母上が城に襲来してきて全て聞いた……俺は……自分が情け

ない」

「殿下～、反省だけなら東方の国のお猿さんでもできますわ～。肝心なのはどう対応するかですわよ～」

「無論だ」

ジャスミンにそう答えてからライオネルはクリステルに言った。

「クリステル、キミの国での問題なので今まで口を出すのは遠慮していたが、これ以上は黙っているわけにはいかない。例の件の調べはどこまでついている？」

「調査はもうほとんど終えています」

「証拠は掴んだのか？」

「はい」

「じゃあもう今すぐ捕縛できるな？」

「今ですか？」

「そう。今だ」

クリステルは周囲を窺うように視線を巡らせ、ある方向に頷いてみせた。

「？」

ライオネルとクリステルの会話の意味がわからないジャスミンが首を傾げていると、先ほどカロリーナに婚約者の座を辞退しろと絡んできた生徒たちの方から悲鳴が聞こえた。

「キャアッ！　っ痛いっ！　離してっ!!」

ジャスミンが驚いてそちらを見ると、黒髪の女子生徒がカフェテラスの料理人の服装をした者に後ろ手に拘束《こうそく》されていた。

カロリーナに直接文句を言っていた女子生徒に後ろからコソコソと耳打ちをしていた女子だ。

その黒髪の女子生徒を拘束《こうそく》した者は、モルトダーンの影ではないことから推測するにイコリス王国配下の者のようだ。

側にいた生徒たちはワケがわからず慄《おのの》いている。

それを視認し、ライオネルが声を張り上げた。カフェテリア《ここ》にいる全ての者に声が届くように。

「皆っ、よく聞け！　学園内に流れる私とライラー嬢の自由恋愛や真実の愛に関する噂はでっちあげの真っ赤な嘘だっ!!　それらは全て、イコリス王太子の婚約者であるライラー嬢を貶《おとし》めるために、今拘束《こうそく》されているイコリスの高位貴族令嬢が故意に流したものである!!　学園内の数名の協力者と共にあたかもそれが真実であるかのように噂を広めて煽動《せんどう》した！　諸君らはその嘘に惑わされ、踊らされていたのだ！」

それを聞き、生徒たちが動揺してざわめき始める。

彼らに構わず、ライオネルは話し続けた。

「煽動者《せんどうしゃ》を炙《あぶ》り出すためにこれまでこの噂に対し、あえて処置はしてこなかったが、これからはそうはいかない。今後、私とライラー嬢に関する根も葉もない噂話を口にする者、それが真実だと吹聴する者は全てモルトダーンとイコリス両王家に対する不敬と見做《みな》し厳罰に処す！　よいな!!」

そしてライオネルはここで深呼吸をし、一際大きな声で言った。

「それからっ！　これはいっち番大切なことなので皆に申しておく！　私は、婚約者であるカロリーナ・ワトソン嬢を心から愛している‼　私たちの婚約は政略でもなんでもないっ！　私自らが望んでカロリーナを婚約者にしたのだっ‼　そして私はカロリーナの全てを愛している‼　彼女が私に相応《ふさわ》しくないなどとそんなこと、大きなお世話だっ‼」

そこまで言い終えたとき、カフェテリアは騒然としていた。

ライオネルはとりあえずここまでとして軽いストレッチを始めた。

クリステルがライオネルに言う。

「全ては私を王太子の婚約者の座から引きずり下ろそうとした者の仕業。殿下とカロリーナ様には多大なご迷惑をおかけしました」

「いや、よい。慎重に調査をして動かぬ証拠を集め、言い逃れできぬように完璧に潰してしまいたいというイコリス王太子の考えもわかるしな。クリステル嬢、愛されてるな」

答えながらもストレッチを続けるライオネルにジャスミンが訊いた。

「……殿下～？　一体何をされるんですか～？」

「決まっている、カロリーナを追う」

「え～？　殿下自ら～？　まさかホントにやる気ですか～？」

「まさかとはなんだ、まさかとは……あ、ちょっと待て、影から連絡が入った」

ライオネルはそう言って魔法相互通信機《マジックインカム》に耳を澄ませた。

「よし、そのまま追尾しろ。俺も今から向かう」

そうしてライオネルはインカムから手を離す。

「ではマーティン、後のことは頼んだ。クリステル嬢の手助けをしてイコリス側の影と調整してくれ」

「かしこまりました……が、殿下、あまり無茶はなされませんよう」

「カロリーナとの明るい将来のためだ。少しばかりの無茶は許してくれ。では、カロリーナを追う」

「いってらっしゃいませ」

「カロリーナをよろしくですわ〜」

マーティンとジャスミンに見送られ、ライオネルは王家の影が追跡しているカロリーナの位置を聞き出し、そして走り出した。

「絶対に、絶対に俺の手で捕まえる……！」

それだけは誰にも譲れないと思うライオネルであった。

◆学園内逃走中

おかしい。

走りながらカロリーナはそう感じていた。

ライオネルから逃れるために身を潜《ひそ》めようとした先々に用務員や学園職員がいるのだ。

背の高い茂みの中も、身を隠すのに丁度良い木の上も、物置や人気のない教室や、なんと女子トイレまでも、あろうことか個室が全部埋まっていた。

どこか、どこか、とにかくどこかへ……！　カロリーナは必死に走った。

しかし曲がろうとした角で邪魔が入って曲がり損ねたり、上《のぼ》ろうとした階段に清掃中という張り紙があって清掃員がいたり。

さすがのぽやぽやカロリーナもこれは尋常でないとわかる。

(もしかして誘導されてる……？　この人たちって、全員暗部？)

どうしてそこまで？　ライオネルがそこまでして話したいこととは一体……

カロリーナはますますそれを聞くのが怖くなった。

もうこうなったら自邸《おうち》に帰ろう……そう思ったカロリーナが正門に向かおうとした、そのとき。

「カロリーナッ!!」

背後からライオネルが走ってきた。それもものすごい勢いで。

「ラ、ライオネル様っ……!?」

ライオネルは徒競走の選手にも負けない猛スピードでこちらに向かってきている。

「きゃっ、きゃーーーーっ!!」

その鬼気迫る雰囲気に、カロリーナは思わず叫んで逃げ出していた。

後ろからライオネルの声が追いかけてくる。

「待てっ！　待ってくれカロリーナッ！　逃げないでくれっ！」

「イヤですっ！　だってライオネル様が追いかけてくるんですものっ!!」

「カロが逃げなければ追いかけないっ‼　カロが逃げるから追いかけているんだっ‼」

大きな声で叫びながら走るモルトダーン第二王子とその婚約者……その様子は当然周囲の注目を集めていた。

騒ぎを聞きつけて学園の至るところから外に飛び出してくる者、校舎から身を乗り出して覗く者と、多くの関係者が何事かとカロリーナとライオネルを注視する。

「逃げるなカロリーナッ‼」

「無理ですっ！　恐いものっ！　どうして怒ってるのっ⁉」

「怒ってなんてないっ‼　ただカロリーナに聞いてほしいことがあるんだっ‼」

「聞きたくないっ！　聞きたくないですっ！」

「カロッ‼　これからの俺たちにとって大切な話だっ‼」

「だったら余計に聞きたくないっ‼」

カロリーナは限界まで速度を上げた。

祖父であるハンターをも唸らせる脅威の脚力で、自分史上最速で学園内を駆け抜ける。

さすがはハンターいわく動けるこぶたちゃんだ。

「くっ……！　カロッ……！」

ギアを上げたカロリーナのスピードにライオネルは慄《おのの》く。

学園の皆もカロリーナの最速の走りに度肝を抜かれていた。

「くそっ‼」

しかしライオネルも負けてはいなかった。

王族でありながら、ライオネルの身体能力は抜きん出て優れているのだ。

自らもギアを上げ、なんとかカロリーナに引き離されないよう必死に食らいつく。

瞬足のカロリーナを追う脚力も持久力も肺活量も並々ならぬものがある。

そんな二人の追いかけっこを見届けようと追いかける者が続出する。

学園の皆が二人の様子を刮目《かつもく》した。

「カロリーナッ!!」

「もう追いかけてこないでーーっ!!」

カロリーナはライオネルの追尾から本気で逃れるために、突然身を翻《ひるがえ》した。

逃げから一転、ライオネルへ向かって減速することなく反転したのだ。

当然ライオネルはその動きに咄嗟《とっさ》に反応することができず、カロリーナがすぐ横を走り抜けるのを許してしまう。

ライオネルも方向転換をするも、いきなりの減速で負荷がかかり、思うように体が動かなかった。

このままではカロリーナに引き離され逃してしまう。

ライオネルは魔法相互通信機《マジックインカム》で指示を飛ばす。

「逃走を阻止しろっ!!」

ライオネルの命を受け、人知れず追尾していた影たちがカロリーナの行く手を阻《はば》んだ。

「きゃっ!」

進行方向を遮《さえぎ》られ、尚且《なおか》つ自分を捕らえようと手を伸ばす影たちを、カロリーナは華麗な身のこなしでたゆんたゆんと避けてゆく。

その体形からは予想もつかない鮮やかな体の捌《さば》き方であった。

どこからともなく歓声が上がる。

カロリーナが影たちを避けている間にライオネルは勢いを取り戻しカロリーナに迫った。

「きゃーーっ！　ライオネル様しつこいっ!!」

「しつこくて結構っ!!　俺は絶対に諦めんぞっ!!　頼むカロ、話を聞いてくれっ!!」

「イヤですっ！　聞きたくないわっ！」

運命の出会いをしたのだと、愛しているのはクリステルだと、カロリーナなんておデブだと、それを聞かされるのが怖かった。

「じゃあいいっ!!　もう走りながらでもいいから聞いてくれっ!!」

「何も言わないでぇぇーーーっ!!」

カロリーナが耳に手を当てようとしたとき、その手が耳を塞ぐよりも早く声が届いた。

「カロッ!!　好きだっ!!　愛してるっ!!　俺が好きなのは、愛しているのはカロリーナだけだっ!!」

「えっ……!?」

思いがけない言葉にカロリーナは走りつつ驚いた。

「学園内に流れている噂はクリステル嬢の不貞をでっち上げて彼女をイコリス王太子の婚約者の座

から引きずり下ろすためのものだっ！　俺とクリステル嬢、互いに恋情はないっ‼」

「嘘っ」

「嘘じゃないっ！　初めて会ったその日からカロに夢中なのに、俺が他の女なんかを好きになるわけないだろーーっ‼」

ライオネル渾身《こんしん》の叫びが学園内に響き渡った。

カロリーナの足が徐々に速度を落としていく。

ライオネルがそれに気付き、自身もカロリーナと一定の距離を保ちながら減速していった。

やがてカロリーナの足が完全に止まり、ライオネルの方へと振り返る。

「……でも、学園に入って沢山の綺麗でスタイルのいい女性に出会って、考えが変わったのではないの……？」

立ち止まったままそう話すカロリーナに、ライオネルは肩で息をしつつ答える。

「なぜそんなことを言うんだ。どんな人間に会おうと俺の一番はカロなのに」

「だってっ……！　だって聞いたものっ……！」

「……図書館で聞いたという話だな」

「なぜそれを……」

「今朝、ものすごい形相で登城してきたキャメロン夫人に聞いたんだ。それで登校するのが遅くなった」

「お母様に……」

確かに今朝、キャメロンに事の次第を話した。

あれからすぐに母が動いたというのが驚きなような、そうでもないような。

ライオネルはどんよりとした顔で言った。

「母上とキャメロン夫人、二人にとんでもない剣幕で叱られたよ。側に置く人間の間違った言動に気付かずしてなんとする！　とな。カロリーナへの対応が下手すぎるともお叱りを受けた。本当にもっともな話だ……が、二人とも怖かった……」

「それは……怖そう、ね……」

王妃殿下はともかく、母キャメロンが怒ったときの恐ろしさは、娘であるカロリーナは身をもって知っている。

軽くぶるりと身震いするカロリーナにライオネルが話し続ける。

「カロリーナ、カロリーナ、信じてくれ。俺は昔からキミの全てが可愛い。痩せてようがそうでなかろうが……」

全てが好きなんだ、という言葉は残念ながら最後まで告げることができなかった。

「カロリーナァアッ!!　助太刀に参ったぞぉぉーーっ！！！」

「えっ？」

「きゃっ」

カロリーナとライオネルの間に突然、祖父のハンターが飛び込んできたからだ。

「わーはっはっはぁっ!!　もう大丈夫じゃぞっ！　なぜって？　ワシが来たからぢゃっ!!」

孫娘がライオネルを避けているのを知っていた祖父だが、なぜこの場所に？

カロリーナは呆気に取られつつ、いきなり現れた祖父を見た。

「お祖父《じい》ちゃまっ？　どうして学園にっ？」

「キャメロンから全て聞いたぞ、可愛い孫よ。たとえ王子とはいえそんなややこしい男に嫁《とつ》ぐ必要はないっ！　ここはワシに任せて逃げよ、カロリーナ。なぁに、老いたとはいえ、このハンター・ワトソン。元暗部最強と謳《うた》われたワシが現役暗部共《ひよっこ》など蹴散らしてくれるわっ!!」

祖父はそう言ってライオネルの前に立ちはだかり、カロリーナを逃がそうとした。それを見てライオネルは焦る。

このままではカロリーナが行ってしまう。

話をする機会がまた先延ばしになってしまうのだ。

絶対に諦めるつもりはないが、誤解されたまま時が過ぎることが何よりも怖かった。

ライオネルは縋《すが》る思いでカロリーナに言う。

「行くなカロリーナっ!!　お願いだっ……ちゃんと話を聞いてほしいっ……」

いつになく必死で余裕のないライオネルの様子に、カロリーナの足はその場に釘付けとなった。

そんなカロリーナに祖父が促す。

「カロリーナ、聞く耳を持ってはならんぞ。お前を散々傷付けておいて、何を今さらっ」

ぐいっとカロリーナの背を押す祖父越しにライオネルの声が届く。

「カロッ!!」

カロリーナがライオネルを見ると、彼は両手を広げていた。

「カロ……カロリーナ。頼む、俺から逃げないでくれ」

「ライオネル様……」

「カロ……おいで。ここに、俺の元に戻ってこい……」

痛いほど伝わってくるライオネルの真剣な想いに、カロリーナの足はゆっくりと動き出していた。

「カロリーナッ？」

祖父が驚いた様子でカロリーナを見る。

カロリーナは静かにライオネルの元へと歩いていった。

「カロリーナ……」

「ライオネル様……」

カロリーナが目の前まで身を寄せると、ライオネルはくしゃりと顔を歪《ゆが》ませた。

そしてカロリーナをそっと抱きしめる。

「ありがとう、カロリーナ……逃げないでくれて、ありがとう」

その様子を見て祖父が今一度カロリーナの名を呼んだ。

「カロリーナッ」

カロリーナはライオネルの腕の中で祖父に言う。

「ごめんなさいお祖父《じい》ちゃま。私、ライオネル様とちゃんとお話をするわ」

「しかしお前っ……散々……」

そのとき、祖父の側で涼やかで落ち着いた女性の声がした。

「そこまでですわ、お父様」

声の主を見て祖父が悲鳴に似た声を上げる。

「ヒィイッ⁉　キャ、キャメロンッ⁉」

今度は突然、母キャメロンが学園に現れたのだった。

キャメロンは実父であるハンターを睨《ね》めつけて言う。

「邸《やしき》にいないからもしやと思って来てみれば……何をやってるんですかっ、余計なことはしないでくださいっ」

「しかしだな娘よっ、孫の一大事にじっとしているわけにはいかんだろっ……それに余計なこととはなんだ、余計なこととはっ」

「余計なことだから申し上げているんです、お父様が首を突っ込むとまとまる話もまとまらなくなりますから」

「別にまとまらんでもよかろうっ」

「……良いわけねーですわ、ふざけんのも大概にしやがれってんですわ、お父様」

「あ、はい……」

娘のドスの利いた低い声に恐怖し、途端にしおらしくなるハンターの首根っこを掴んでキャメロンはライオネルとカロリーナに向き直った。

「邪魔者は連れて帰るから、二人できちんとお話しなさいな」

「はい、お母様……」

「キャメロン夫人、感謝する」

「殿下、次はないですわよ」

「もちろん、二度とカロを泣かせるような真似はしないと誓う」

「それなら結構です。それと婚約者同士とはいえ、節度ある行動を重ねてお願い申し上げますわね」

「こ、心得た……タブン」

「？」

ライオネルと母の会話の意味がわからずカロリーナは首を傾げた。

そのとき、ランチタイム終了の予鈴が鳴る。

それにより皆、一気に現実に引き戻された。

生徒や教職員たちがわらわらと校舎に吸い込まれていく。

ライオネルとカロリーナもそれぞれ教室に戻らねばならないが、放課後に必ず話をすることになった。


こうして学園全体を巻き込んだカロリーナとライオネルの追いかけっこは幕を閉じたのである。

しかし午後の授業を受けながら、カロリーナは別の問題に直面していた。

（サラダしか食べていないのにあんなに動いたから……お腹が空《す》いて死にそうだわ……）

カロリーナにとってはこれも、切実な問題であった。

◆二人だけで話をさせてほしいんだが？

「……それで？　なぜキミがここにいるんだ、ジェイミー・ワトソン」

放課後、学園内にある王族専用の休憩室。

質の良い革張りのソファーで姉の隣にちゃっかり座っているカロリーナの弟、ジェイミーを見ながらライオネルが言った。

カロリーナはというと、きっとお腹を空《す》かせているだろうからとライオネルが予《あらかじ》め手配しておいた軽食のローストビーフサンド、チキンのクリームパスタ、トマトのブルスケッタ、ベリージャンボトライフル、そしてアップルサイダー一ガロンを嬉しそうに飲食している。

それを尻目にジェイミーが薄く笑って答えた。

「姉を心配して実家に戻ってみれば、祖父が母にお説教を食らっていたんですよ。その内容で何が起きたのかだいたいわかりました。それで気になって姉の様子を見に来たんです」

「それはご苦労だった。しかしカロリーナにはこれから俺との大切な話し合いがある。全て終わったらきちんと屋敷まで送るから、安心して帰っていいぞ」

「いえいえ。お忙しい殿下のお手を煩《わずら》わせるなんてとんでもない。さっさとお話を終わらせていただければ僕が連れて帰りますよ」

「いやいや。未来の魔術師の勉学の妨《さまた》げになってはいかん。それにカロは俺の大切な婚約者だ。煩《わずら》わしいだなんてとんでもない」

「いえいえいえ」

「いやいやいや」

「も～、そのやり取りいつまで聞かされるんですか～？　面倒くさいんですけど～？」

「「…………」」

将来の義兄弟の啀《いが》み合いにジャスミンが横槍を入れた。

ライオネルが小さく嘆息し、皆に言った。

「俺はカロリーナと二人だけで話をしたいんだがな。なぜ皆寄って集《たか》ってここにいるんだ？」

「カロリーナが心配だから～」

「姉が心配だから」

「勤めだからですよ」

一人だけ違う答えを側近のマーティンが告げた。

当然、彼もこの場にいるのであった。そのマーティンが続ける。

「殿下、同じ執行部二年のパゥエルですが……」

「ああ、図書館で俺の好みがクリステルだと語っていたのはアイツだそうだな。それで？　パゥエルがどうした？」

「カロリーナ様に直接謝罪したいと申しているのですが……」

「元はと言えばあのとき、俺がパゥエルに適当に返事をしたのが悪かったんだ。親しくもない奴にカロの可愛さを語って聞かせる気になれずに曖昧《あいまい》に済ませた、それが一番の元凶だ……。アイツも間違いであったとわかったならそれでいい。カロリーナへの謝罪はまた日を改めてにしてくれ。今日はとにかく二人で話がしたい」

(まぁ思い込みをそのまま口にする迂闊《うかつ》さが今後も直らないようであれば、奴を側近として置く気はないがな)

と内心思いながら、ライオネルはマーティンにそう言った。

「かしこまりました」

答えたマーティンは低頭し、そのまま部屋を出ていった。

気を利かせたのと、パゥエルにライオネルの返事を告げに行ったのだろう。

図書館という公共の、誰が聞いているかわからない場所で勝手な憶測を口にする。

軽い気持ちだったのだろうが若気の至りとして目を瞑るのは一度限りだ。

そのことはマーティンも理解していて、その旨も含めパゥエルに話をするであろう。

そんなことを考えている間に大量の料理がカロリーナの腹の中に収められた。

「あ〜美味しかったぁ……ライオネル様、ご馳走様でした。お腹が空《す》いて死にそうだったから命拾いしましたわ」

完食したカロリーナが満足そうに言うと、ライオネルは途端に頬を緩ませる。

「喜んでもらえたなら良かったよ。沢山走ったからな、絶対にお腹を空《す》かせていると思ったんだ」

「ありがとう、ライオネル様」

「カロのためならいくらでも喜んで」

ライオネルはカロリーナの手を掬《すく》い取って指先にキスをした。

それをジト目で見ながらジャスミンが言う。

「はいはい。カロリーナも通常モードのようだし～？　邪魔者は退散しますからぁ、後は二人でちゃんとお話してくださいませ～。さ、行くわよ、ジェイミー様」

ジャスミンに退室を促され、ジェイミーは嘆息した後《のち》に立ち上がった。

そしてライオネルに告げる。

「殿下、僕は今回の件、結構腹に据えかねているんです。だけど姉さんの気持ちが一番ですからここで落とし所としますが、今後またこのようなことが起きれば、たとえ王家の方といえども絶対に許しませんから」

刺さりそうなほど真剣なジェイミーの眼差しを真摯《しんし》に受け止めて、ライオネルは頷いた。

「しっかりと肝に銘じておく。そして絶対に二度とカロに悲しい思いはさせないと誓うよ」

弟と婚約者、二人のやり取りをカロリーナは黙って聞いていた。

そんなカロリーナにジャスミンが耳打ちする。

「殿下と話して、許してもいいと思ったらキスの一つでもおねだりしてみなさ～い」

「キッ……!?」

とんでもないハレンチなことを囁《ささや》かれて、カロリーナは顔を真っ赤にして奇声を発した。

ライオネルが不思議そうにカロリーナを見る。

「どうしたカロ？」

カロリーナは真っ赤な顔をしたままぶんぶんと首を横に振った。

そんなカロリーナにジェイミーが言う。

「姉さん、またおまじないをかけようか？」

先日ライオネルの前から姿を消すまじないをかけられたカロリーナが、これまたぶんぶんと首を横に振った。

「きょ、今日は困るわ。ちゃんとお話したいもの」

「それは残念だ。だけど姉さん、甘い言葉に騙されちゃダメだよ？　簡単に触れさせるのもダメ。わかった？」

「わ、わかったわ……！」

「ん～？　ジェイミー様ってばまるで父親みたいね～」

「もうなんでもいいから早く出てってくれ！！」

痺《しび》れを切らしたライオネルがジャスミンとジェイミーに叫んだ。

二人はやれやれといった様子で退室し、ようやくカロリーナとライオネルは二人きりになれたのだった。

「……カロリーナ……」

「はい」

（いよいよお話が始まるのね……！）

ややや緊張した面持ちでカロリーナが返事をすると、ライオネルは難しい顔をしてカロリーナに尋ねた。

「……この部屋で影が潜《ひそ》むとしたらどこだと思う？」

「え？」

意外な質問にカロリーナは面食らいながらも答える。

「そ、そうですね……校舎の構造から天井裏に潜《ひそ》むのは無理そうだし、部屋の中に身を潜《ひそ》める場所はないので……あの観葉植物と本棚に盗聴魔道具を仕込んでいるんじゃないかしら？」

「……どれ」

ライオネルはそうつぶやいて部屋の中をガサゴソと物色し、三つの盗聴魔道具を見つけ出した。

「まぁ本当にあったわ」

カロリーナが目を瞬《しばた》かせて盗聴魔道具を見ていると、ライオネルはそのうちの一つを手に取り、それに向けて言った。

「王妃の影の諸君。これからカロリーナと大切な話をしたいのだが、俺はそれを第三者に聞かせるつもりはない。誓って不埒《ふらち》なことはしないと誓う、だからこの通信は切らせてもらうぞ」

と言い終えた後、魔道具のスイッチを切った。

「ふぅ……母上にも困ったものだ。盗聴魔道具《こんなもの》まで忍ばせて。しかしこれでようやく落ち着いて話ができる。カロ、座ろうか」

「はい」

そうしてライオネルはカロリーナの手を引き、共にソファーに座った。

そこでカロリーナは何かを感じたらしく、少し困ったようにライオネルの方を見る。

「えっと……ライオネル様、あの……」

「ん？　どうした？」

「あの……」

カロリーナが言い辛そうにちらりとソファーの下に目線をやる。

「……ああ」

それを察したライオネルが徐《おもむろ》に立ち上がり、ソファーの下を覗き込んだ。

そこに身を潜《ひそ》めていた王妃配下の暗部とばっちり目が合う。

ライオネルは冷ややかな眼差しを暗部の者に向け、端的に告げた。

「出ていけ」

「は、はっ……すぐに退散いたしますっ……！」

暗部の者は急いでソファーから這い出てそそくさと部屋を出ていった。

「まったく……やれやれだな」

「ふふ」

「カロリーナ……」

ライオネルは気を取り直してカロリーナの隣に座り直す。

「カロリーナ、これまでのこと、そしてこれからのことについて全部話をさせてほしい、聞いてくれるか?」

「はい、話してください……ライオネル様」

ライオネルはカロリーナの手を握ったまま話し出した。

◆第一部　エピローグ　泣き虫令嬢は今日も婚約者の前から姿を……消さない!

「まずは……俺がパウエルの戯言《ざれごと》に不用意な返事をしたことによりカロを傷付けてしまい……すまなかった」

学園全体を舞台に追いかけっこを繰り広げたカロリーナとライオネル。

ライオネルは真っ先に謝罪の言葉を口にしたのであった。

「それに……学園でクリステル嬢との件を色々と言われているとわかっていて、カロリーナになんの説明もしなかったことも、本当にすまなかった……」

「私……入学式のときに他の人からライオネル様がクリステル様と自由恋愛をしているって聞いて……悲しかった……でも、仕方ないなって。図書館でライオネル様の理想はクリステル様のような方だと聞いていたし、私はこんな体形だし、だからライオネル様が学生の間だけは理想の女性と恋愛したいと思っても我慢しなきゃと思ったの……」

カロリーナは寂しそうな表情を浮かべ、その大きな目から涙を一粒零《こぼ》した。

それを見てライオネルは慌てる。

「違うっ、俺の理想はカロリーナだ。さっきも走りながら言ったが、俺はキミの全てが可愛くて大好きだ……でも……そう思わせたのは俺のせいだよな……ごめん、カロリーナ、本当にごめん……」

ライオネルはそう言って隣に座るカロリーナの肩に額を付けた。

「ライオネル様……」

「……俺がどれほどカロのことを愛しているかわかってもらえるよう、今度城に来たら全部見せるよ」

「見せる？」

自分への愛は可視化できるものなのだろうか？

カロリーナはわけがわからずに首を傾げる。

それを見たライオネルは少し情けない顔をしながら言った。

「見ても……引かないでくれると助かる。俺が暴走してカロリーナを怖がらせないようにするためには必要だったんだ。王家の威信にも関わることだしな……」

「？？？」

なんの謎々《ナゾナゾ》だろう。聞けば聞くほどわからない。

でも今は、それよりもまず——

「ライオネル様はこんなおデブな私でもいいの？」

「デブじゃないな、ムチムチというんだ。最高に可愛いよ」

「ライオネル様……ムチ専？」

「どこでそんな言葉を覚えたんだ……言っておくけど、カロならガリガリでも好きだからな」

「さ、さようでございますか……」

ストレートなもの言いに恥ずかしくなり、思わず口調が畏《かしこ》まる。

「去年の終わり頃に、クリステル嬢との関係を俄《にわ》かに噂されるようになった。俺にはカロリーナがいるし、クリステル嬢も婚約者を想っている。だからそれぞれずっと噂を否定し続けたんだ。二人きりになるのも避けていたというのに、噂はなくなるどころかどんどんエスカレートしていった。おまけにそれを恋物語として盲信するような生徒まで出てきて、これは何か裏があると思ったんだ」

ライオネルはその後も詳しく説明した。

今回の件で、ライオネルはまず噂の出所を探したらしい。

それが数名の生徒から発せられたことがわかると、次に奇妙な実態が露見したそうだ。

初めの頃に噂を口にした生徒が皆、口裏を合わせたような、定型文を読み上げたような、そんな内容の話をしていたというのだ。

噂を広めた場所も時間も違うのなら、その内容に多少のズレが生じたり私見が入っていたりするものだが、それが全くなく、気持ち悪いくらいに同じことを口にしていた。

これはその噂を聞いた者の中に侍従長や騎士団上層部の子女がいて、王子に関わることとしてしっかり記憶してくれていたおかげで明らかになった。

彼らは自主的にそれぞれ耳にした噂を突き合わせ、その結果、自分が聞いた話と全く同じであるとわかったというのだ。

また、その噂話を始めた生徒は皆、イコリス王国出身であった。

これが判明したのも噂の出始めだったことが幸いしたのだろう。

学園中に広まってしまっては、噂の出所に辿り着くのは容易ではない。

噂の内容は下手をすればライオネルもそうだが、クリステルの不貞を謳《うた》うものになってしまう。

一万歩譲って自由恋愛が認められている学園内の恋愛だとしても、次期王妃となる身にはあまりにも相応《ふさわ》しくない行いだと問題になりかねない。

噂を流したのがイコリスの民であったことを鑑《かんが》みても、誰かが意図的に噂を流し、クリステルを王太子の婚約者の座から引《ひ》き摺《ず》り下ろそうとしているのは明白であった。

ライオネルはクリステルに、この件を自国に知られたくないならモルトダーン側で処理すると告げたそうだ。

しかしクリステルはこのことが第三者からイコリス王家の耳に入るよりは自分の口から告げた方がよいと考えた。そこでまずは西方大陸屈指の実力を誇るイコリス騎士団で団長を務める実父に相談した。

騎士団の脳《ブレーン》と言われているクリステルの父親は娘からこの話を聞き、すぐに動いたらしい。

そしてクリステルの婚約者である王太子と連携して噂を陰で操る張本人を炙《あぶ》り出し、動かぬ証拠を掴んだ上で、その背景も含めて根絶することにした。

その意図をイコリスの王太子自ら、モルトダーンの第二王子であるライオネルに伝えてきたそうなのだ。

モルトダーン側にも迷惑をかけるのは重々承知しているが、これを機にクリステルを廃しようとする勢力を叩き潰したい。

申し訳ないが静観していてほしいと、王太子直筆の書状には書かれていたらしい。

「あちらの国の願いであり、今後の外交面からもその要望を呑むのは仕方のないことではあったのだが、それによりカロを傷付けてしまって本当にすまなかった……」

カロリーナが入学する頃には、一部の生徒を除いてある程度、噂は沈静化していたのだ。

それなのに入学式で他の新入生からダイレクトにカロリーナの耳に入るとは……

聞けば、入学式で自由恋愛について語っていた男子生徒はパゥエルの従弟《いとこ》だとか。

一族にまで話していたとは。従弟《いとこ》共々、本当に口の軽い奴らである。

やはり側近に取り立てるのはやめにしようか。他の役職に就かせよう。

そんな考えが頭の端に浮かんだが、ライオネルはすぐさまそれを追いやり、話を続けた。

「噂を流した真犯人はイコリスの伯爵家の令嬢で、以前から王太子に懸想《けそう》していたそうだ。いくら騎士団団長の令嬢とはいえ、同じ伯爵位の娘が王太子の婚約者になれるのなら自分でもいいはずだと高慢な考えを抱き、クリステル嬢の醜聞を広めて将来の王妃には相応《ふさわ》しくないと騒ぎ立てるつもりだったらしい。生家の関与はなく、令嬢一人で画策したことだったみたいだな。まぁだからこそ予《あらかじ》め作られたシナリオを読み上げるばかりの間抜けな人間しか使えなかったわけだ。その生徒たち全員下級貴族の子女で、自分が王太子妃になった暁《あかつき》には格別に取り立ててやると言っていたらしいよ」

「まぁ……」

（そんな私利私欲のために、確約できない餌で人を釣り、操るなんて……）

そんな者が将来の国母になるなど、イコリス国民は絶対に嫌だろう。

その野望が潰《つい》えてくれて良かった、カロリーナは心からそう思った。

話の最初からすでに泣いていたカロリーナが大判ハンカチーフで目元を拭《ぬぐ》いながらライオネルに言う。

「ぐすっ……事情はよくわかりました……でもそれならそうと話してくださっても良かったのに……」

「それは……ごめん。嘘とはいえ、他の女性とそんな噂になっていることをカロリーナに話しづらかったんだ……」

「まぁ……グスッ……ライオネル様ったらヘタレさん……」

「面目ない。そしてその結果、カロに嫌な思いをさせただけだった」

「そうですわね……ズズッ……」

「本当にごめん……」

辛そうに謝罪するライオネルを見て、ただ謝罪を受け入れるだけではきっとダメなんだろうなぁとカロリーナは思った。

カロリーナはもう気にしていないが、きっとライオネルはいつまでも自分自身を責めるのだろう。

カロリーナは涙をしっかりハンカチーフで拭《ぬぐ》い、ライオネルに強い眼差しを向けた。

「では……一発殴らせてください」

「え？」

「殴らせてくれたらチャラにします」

「……わかった。俺もその方がいい。思いっきり殴ってくれ」

ライオネルはそう言って、上半身をカロリーナの方へ向けて目を閉じた。

「お顔はやめておきますわね、ワトソン伯爵家がお取り潰しに遭いますから」

「そんなことはさせない」

「ではお腹に一発。私のパンチは祖父のお墨付きですよ？」

「うっ……いや構わんっ！　遠慮なくやってくれっ！」

「はい、もちろん。いきますよ」

「ああ」

目を閉じてその時を待つライオネルの顔をカロリーナはじっと見つめた。

そして……

「!?」

カロリーナはライオネルの頬にキスをした。

元より殴るつもりなんてなかったのだ。

ちょっと意趣返しとして脅してやりたかっただけ。

驚いたライオネルが目を開けてカロリーナを見る。

「最初から話してくれなかったことは残念だけど、現実を知るのが怖くて逃げ回っていた私も悪いわ。逃げないでライオネル様に直接聞けば良かったのに、それをせずにライオネル様を避けた。私たちはどちらも間違えちゃったのね」

「カロリーナ……」

「ライオネル様は必死で私を追いかけてくれた。いつも凛々《りり》しく泰然としているライオネル様が形《なり》振《ふ》り構わず髪を乱して追いかけてくれた。そして私のことが大好きだと、こんな私でも大好きだと叫んでくれた。もうそれだけで……充分です。ありがとう、ライオネル様」

そう言って微笑むカロリーナをライオネルは掻き抱いた。

「カロッ……カロリーナッ……」

「ライオネル様、私もあなたが大好きです。あなたのお嫁さんになれるなんて本当に幸せです」

カロリーナがそう告げるとライオネルは苦渋に満ちた顔をした。

「ダメだカロリーナっ……今そんなことを言われたら抑えがきかなくなるっ……」

「抑え？」

(なんの抑えかしら？　おトイレに行きたいのかしら？)

それは体に良くないと、カロリーナはライオネルに言った。

「我慢は良くないわ、ライオネル様。どうぞご遠慮なく」

「い、いいのかっ⁉」

ライオネルがそう叫んだ次の瞬間、カロリーナの唇は奪われた。

「⁉」

当然カロリーナは目を剥《む》くほど驚いた。が、子供の頃から大好きなライオネルとの初めての口づけにすぐに夢中になった。

最初は軽く啄《ついば》むような優しい口づけが徐々に深いものになっていく。

トイレに行っていいと言ったつもりだったのにこんなことになるなんて……

ジャスミンが耳打ちしてきたおねだりをしなくてもされちゃった、とカロリーナは思った。

結局その後すぐに、誰からの指示かはあえて言わないが、頃合いを見計らって部屋に戻るように命を受けていたのであろうマーティンがノックの後に入室してきたことにより、二人の初めての口づけは終わりを告げたのであった。

ライオネル曰《いわ》く、カロリーナの唇はアップルサイダーの香りがしたそうな。

アップルサイダー一ガロン分のキスの味だ。


それから件《くだん》の令嬢がどうなったのかというと……

自国に強制送還された後、でっち上げた嘘の噂で他者を扇動して王太子の婚約者を貶《おとし》めた罪により痛罰刑の上、戒律の厳しい修道院送りとなったそうだ。

まぁ本人の更生次第で還俗は許されるらしいが。

令嬢の生家である伯爵家は全くの無関係ではあったが、監督不行き届きとして罰金刑に処せられた。

生家が被った罰も噛み締めて、令嬢にはぜひ大いに反省し、真っ当な人間になってもらいたいものである。

それから令嬢に唆《そそのか》され噂をばら撒いた生徒は卒業までの奉仕活動を命じられた。

自由恋愛を盲信してカロリーナに難癖をつけた生徒たちも同様だ。

トイレや学舎の清掃に学園の庭の手入れ、ゴミ拾い、グラウンドの整備その他諸々を用務員さんたちにこき使われることになった。

その奉仕活動は学園のみに留まらず周辺の街にも及んだそうだ。

当然、他の生徒たちや街の人の目にも晒《さら》されながらの作業。

下級とはいえ、貴族の子女には耐え難いものがあるだろう。

だがこれらの罰を通じて人を貶《おとし》めて美味しい蜜を吸おうという考えを持ったり、自分たちの価値観を他者に押し付けたりするような真似を二度としないように努めてほしいところである。

こうして、一連の騒動に終止符が打たれた。

後には、今回の一件によりさらに絆を深めたモルトダーン第二王子とその婚約者。

そしてイコリス王太子とその婚約者のラブラブ度が増したという結末を迎えたのであった。

後日、イコリス王国からカロリーナ宛にお礼とお詫びを兼ねて最高ランクのイコリスビーフ一トンが贈られた。

クリステルは学園卒業後、すぐに王太子と結婚式を挙げるとのことで、ライオネルとカロリーナへの結婚式の招待状も添えられていたそうな。

「まぁ結果的には良かったんじゃない？　殿下と想いを確かめ合えたんでしょ？」

ワトソン家の朝の食卓でまたまた里帰り中のジェイミーが言った。

ジェイミーは日々魔力コントロールが上達中で、転移魔法を頻繁に使えるようになってきた。末恐ろしい十四歳である。

朝食のエッグベネディクトにナイフを入れながらカロリーナが答えた。

「うん。おかげでライオネル様に大好きって言っていただけたの。でも今までも言われていたらしいんだけど私、覚えがなくて……」

「それはきっと殿下のタイミングが悪かったんだよ、姉さんが美味しい食事に夢中になってるときとか、お腹が空《す》いて心ここに在らずのときとかさ」

「なるほど、そうかもしれないわね。さすがはジェイミー、頭が良いわ！」

その会話を聞いていた祖父のハンターがテーブルをダンッと叩いて同意する。

「そうじゃな！　ジェイミーもカロリーナも二人ともワシの自慢の孫じゃっ！」

「お父様、お食事中にテーブルを叩かないでください」

「すまん」

母キャメロンに注意されてしおっとなる祖父を見て、カロリーナもジェイミーも微笑んだ。

「ふふ。お祖父《じい》ちゃまったら」

「でも姉さん、殿下がまた何かやらかしたらいつでも消えてやったらいいんだよ。魔術師資格を得たら、姉さんに認識阻害魔法をかけてあげられるし」

「ありがとうジェイミー！　でも私はもうライオネル様の前から姿を消すことはしないわ。これからはなんでも、どんな些細《ささい》なことでも話し合おうと約束したもの」

カロリーナのその言葉を聞き、キャメロンが笑みを浮かべながら頷いた。

「それでいいわ、カロリーナ。婚約者同士だからこそ、ちゃんと自分の気持ちを伝えないとね」

「そうだよ。そうすれば父さんと母さんみたいにいつまでもラブラブでいられるからね」

キャメロンにぞっこんであるカーターがうっとりとしつつ言った。

母より父の方が繊細で乙女なところがあるのだ。

ハンターが負けていられないとばかりに口を開いた。

「ワシだってカロル（カロリーナの祖母）が天に召された今も、愛する気持ちは変わらんぞ！」

「お父様、お食事中に立ち上がって叫ばないでください」

「あ、はい」

「ぷ……」

「ふふふ」

また小さく萎《しお》れる祖父を見てカロリーナとジェイミーは笑った。

「でも僕はいつだって姉さんの味方だ。困ったことがあったら真っ先に頼ってほしい。僕は姉さんのために魔術師になるんだからね」

そう言って食事を終えたジェイミーは、転移魔法にて自身が通う魔法学園へと戻っていった。

「ありがとう、ジェイミー。私の自慢の弟、大好きよ」

ジェイミーを見送り、そうつぶやくカロリーナに侍女のエッダが声をかけてきた。

「お嬢様、お急ぎにならないと遅刻しますよ」

そして通学鞄を渡してくれる。

「大変！　スクール馬車に乗り遅れちゃう」

「お嬢様、馬車の用意ができております。お早く」

家令のバーモントが玄関の扉を開けてくれた。

カロリーナは笑顔で二人に言う。

「二人とも、いつもありがとう。ではいってまいります！」

「「いってらっしゃいませカロリーナお嬢様」」

そう答えてエッダとバーモント、二人も笑顔で見送ってくれたのであった。

◇

「おはようジャスミン！」

スクール馬車の停車場にて、馬車の到着を待っていた親友のジャスミンにカロリーナが声をかけた。

「おはようカロリーナ～。今日も元気ね～」

「うん。ジェイミーと一緒に食べた朝食が最高に美味しくて」

「それは良かったわね～」

到着した馬車に乗り込み、二人でたわいもない話をしているうちに学園に到着した。

先に馬車を降りたジャスミンがカロリーナに言う。

「カロリーナ～、将来の旦那様が待ってるわよ～」

「え？　ライオネル様が？」

そう言いながらカロリーナも馬車を降りると、学園の停車場にマーティンと二人で立っているライオネルの姿を見つけた。

他の生徒の挨拶を受けながらもその目は一心にカロリーナを見つめている。

「おはようございますライオネル様。どうしてこちらに？」

カロリーナが尋ねるとライオネルは少し逡巡《しゅんじゅん》する様子を見せた。

それを見てジャスミンが言う。

「わざわざ捕まえに来なくても、もう殿下の前から姿を消したりしませんよ～、ねぇ？　カロリーナ」

カロリーナは頷いた。

「ええ。だってもうそうする必要はないもの」

カロリーナの言葉に、ライオネルではなく側近のマーティンが答えた。

「いえ、そうではなく殿下は心配になられたようなのです。それでカロリーナ様の様子を見にこちらへ」

「心配？　何を～？」

ジャスミンが訊くとマーティンはカロリーナにそっと耳打ちした。

「昨日、カロリーナ様は王城にてアレをご覧なられたでしょう？　殿下はカロリーナ様に嫌われたのではないかと……」

「あ、ああ。それでなのね」

「アレって何～？　カロリーナは何を見たの～？」

ジャスミンの質問にカロリーナは笑みを浮かべて答えた。

「私が正式に王子妃になって、ジャスミンが私の側付きとしてお城に上がったときに教えるわね」

「え～、ちょっと先の話よね～。まぁいいけど～」

ジャスミンは冷静かつキレの良い頭と、カロリーナマスターである点を王妃に認められ、カロリーナ妃の側付きとなることが決まった。

子爵家の末娘で、結婚願望どころか夫に縛られる人生なんて真っ平だと思っていたジャスミンは、喜んでその役目に飛びついたのだ。

「私は一生、カロリーナ妃殿下の側で～王城でのびのび生きるわ～」

とジャスミンは言っていた。

ライオネルは兄王子が国王に即位した後も臣籍には降りず、王弟として宰相の地位に就き、生涯国政に携《たずさ》わっていくことが決まっている。

カロリーナは少し気まずそうにしているライオネルに手を差し出した。

そして優しく微笑み、彼に告げる。

「ライオネル様、教室までエスコートしてくださるのでしょう？」

その笑みと差し出された手を見て、ライオネルは心底安堵したような顔になった。

「あ、ああ。もちろんだ、可愛いカロリーナ」

「大丈夫よライオネル様。アレを見せられてびっくりしたけど、引いたり嫌いになったりなんかしないわ」

「本当かっ？　……良かったぁ……やっぱり見せるべきではなかったと後悔してたんだ」

「まぁ、ふふふ」

カロリーナへの愛を示すものとして、昨日、ライオネルはカロリーナに自身のカロリーナグッズを披露（暴露）した。

妃教育で用《もち》いた教本やペンやインク、お茶会で使用したナプキンやティースプーンなど、カロリーナが直に手にした品をコレクションとして収集していたのだ。

若干、いやかなり驚いたが生来の人間性、そして物理的にも器の大きなカロリーナはそれをすんなり受け入れた。

自分が使用したものすらも愛しいと感じてくれるなんて、本当に愛されているのだと嬉しく感じたのだ。

まぁこれ以上ものが増えたら収納場所に困ってしまうので、結婚後は収集はやめてくれと頼んだが。

「カロ……キミはなんて大らかな女性なんだ」

「ふふ。体と心の広さは比例するのかもしれませんね」

「結婚式が待ち遠しくて仕方ないよ、カロリーナ」

「私もです、ライオネル様」

そう言いながら仲良く校舎へと入っていく二人。

マーティンとジャスミンもその後に続いた。

「なんやかんやとお似合いの二人よね〜」

二人の後ろ姿を見つつジャスミンがそうつぶやくとマーティンは頷いた。

「まったく同感だ。あの殿下に相応《ふさわ》しい女性は西方大陸広しといえどカロリーナ様しかおられないだろうな」

「まぁ今回のことは雨降って地固まる〜というやつ〜？　婚姻前で良かったわね〜」

「それも同感だ」

結婚後に妃が夫から逃げ回るようなことになれば大変な問題になるところであった。

しかし、今回の件でライオネルとカロリーナ、二人の絆はさらに深まったといえよう。

「カロリーナ。今日のランチは一緒に食べられるからカフェテリアで落ち合おう」

「嬉しいい！　今日のオススメ、AランチもBランチもCランチも楽しみにしていたの。ライオネル様と一緒に食べられるなら余計に美味しく感じられそうだわ」

「じゃあカフェテリアのメニュー全制覇といこうか」

「うん！」

カロリーナの楽しく美味しい学園生活は始まったばかりである。

◆第二部　プロローグ　交換留学

クリステル・ライラー伯爵令嬢との自由恋愛疑惑も解決し、晴れて両想いとなったカロリーナとライオネルだが、二人のキャッキャウフフなラブラブ学園生活はそう長くは続かなかった。

フィルジリア上級学園に通うモルトダーン王国第二王子ライオネルと、ハイラント魔法学校に通う同国第二王女の交換留学が急遽《きゅうきょ》決まったからである。

なぜ新年度開始もとうに過ぎたこの時期に急に交換留学が決まったのか。

理由は……特にないらしい。

大国ハイラントと中堅国家であるモルトダーンとの友好関係を築くために、姉妹校である両校に奇《く》しくもそれぞれの国の王族が生徒として在籍している利を活かそうということになったそうだ。

期間は半年。

その間、ライオネルはハイラント王国に滞在し、学業と外交のために余程のことがない限りはモルトダーンには帰れないとのことであった。

「ジェイミーみたいに転移魔法が使えれば、ライオネル様も気軽に帰ってこられるのに……」

放課後のひと時。終業のチャイムが鳴ったと同時に迎えに来たライオネルと王族専用の談話室でお茶を飲みながらその話題となり、カロリーナがため息交じりに言った。

ライオネルが眉尻を下げ、頷いた。

「本当だな。せめて転移スポットから馬車を使っての帰省を認めてほしいよ……」

「お休みの日はあちらでのご公務が入っているのですよね？」

「留学中にハイラントで多くの人間と接して人脈を築けと言われている。将来、兄を支える俺が様々な橋渡しをできるように」

「それは重要なお仕事ですわ！」

カロリーナはそう言って、尊敬に満ちた眼差しをライオネルへ向ける。

「ライオネル様ならきっと図太いゴン太のパイプラインを築けますわね！」

「それは無論成し遂げるつもりだが……」

言葉を途中で詰まらせるライオネルにカロリーナは続きを促す。

「だが？」

ライオネルは少しだけ情けない顔をしてカロリーナを見た。

「半年間もカロに会えないなんて……俺は途中でおかしくなってしまうかもしれん」

「ライオネル様……」

カロリーナだって半年間も大好きなライオネルと会えないなんて、そんなのは嫌だ。

せっかく気持ちが通じ合い、両想いの婚約者になれたというのに。

本当は行ってほしくない。できればカロリーナも留学について行きたい。

だけど王子の婚約者といえども、いや王子の婚約者だからこそ、そんなわがままは言えない。言ってはいけないのだ。

気付けばカロリーナの瞳から涙が零《こぼ》れ落ちていた。

我慢しなくては、寂しいなどと言ってはいけないと思えば思うほど涙が溢《あふ》れてしまう。

相変わらずの泣き虫令嬢だ。

カロリーナの涙を見てライオネルは胸をキュンキュンさせながら、婚約者用として常備している大判ハンカチーフで彼女の涙をそっと拭《ぬぐ》った。

「泣かないでくれカロリーナ。俺はキミの涙に弱いんだ。義務も責務も立場も何もかも放棄してしまいたくなる」

「ごめんなさいライオネル様……困らせるつもりはないの……だけど、会えなくなると思うと寂しくて……」

カロリーナがそう言うと、感極まったライオネルがカロリーナを抱きしめた。

「俺もだよカロッ！　キミと離れたくないっ！」

「ライオネル様っ……」

「カロリーナ……」

「ちょっとハイハイ、そこまでにしてくださる～？　このままほっといたらキスしそうな雰囲気を醸《かも》し出さないでくださる～？」

横槍を入れてきたジャスミンを見て、カロリーナとライオネルは二人揃って「あ」と口を開いた。

そうだった。ここは学園の談話室で、部屋にはカロリーナとライオネルの他にジャスミンとマーティンもいたのだった。

それをすっかり忘れて二人の世界に入った挙句、危うくぶちゅっとしてしまうところだったと、カロリーナは頬を染めながらしっとりと脇汗をかいた。

そんなカロリーナを他所《よそ》にライオネルがジャスミンとマーティンに言う。

「……お前ら、少しは気を利かせて外で待っていようとか思わんのか？」

その言葉にジャスミンが軽い調子で反論した。

「だって～王妃様にカロリーナと殿下を決して二人っきりにさせるなと仰《おお》せつかっているんですもの～。殿下がケダモノ化して暴走するかもしれないからですって～。在学中に妊娠なんてカロリーナがかわいそうだとおっしゃって～」

「……」

自身の母に全く信用されてない上に酷い言われようだが、絶対にそうはならないとは言えないライオネル。

なので反論はせずにだんまりを決め込むことにした。

「沈黙は肯定と看做《みな》しますわよ～」

尚も言い募るジャスミンに、ライオネルはぽつりと「好きにしろ」とだけ返しておいた。

そんなライオネルに側近のマーティンが告げる。彼もライオネルの交換留学に従いハイラントへ渡る予定だ。

「殿下、そろそろ執行部でのミーティングの時間です。留学の前に色々と引き継ぎ作業もございますからそろそろ生徒会室に参りませんと」

ジャスミンとマーティン、それぞれの言葉を受け、ライオネルは大きく嘆息した。

「はぁぁ～……仕方ない。母上の言葉は絶対だし、執行部の引き継ぎを疎《おろそ》かにはできん。……カロ、名残《なご》り惜しいがとりあえずはここまでだ」

「はい、ライオネル様。またお話しましょうね。せめて留学までは何度もお会いしたいわ」

カロリーナがそう言うとライオネルは優しげな笑みを浮かべて頷いた。

「もちろんだ。できるだけ二人の時間を持とう。そのときは美味しいスィーツを沢山用意しておくよ」

「ふふ。楽しみです」

そのカロリーナの返事の後でジャスミンが「楽しみなのはスィーツ？　殿下？　どっちかしら～？」と茶々を入れていたが、ライオネルはそれを無視してカロリーナに告げた。

「じゃあな、カロリーナ。行ってくるよ」

そう言ってマーティンを伴い、ライオネルは生徒会室へと向かったのであった。


そして留学に向かう当日も同じ言葉を残して、ライオネルは交換留学の地であるハイラントへと旅立っていった。

カロリーナにとっては未知なるハイラント魔法学校。

その学校に最愛の弟ジェイミーが在籍していることがせめてもの心の救いだ。

カロリーナは遠くハイラントの地にいる弟へと思いを馳せ、一人つぶやいた。

「ジェイミー……ライオネル様をお助けしてね」

◆ハイラントからの留学生

交換留学生としてハイラント魔法学校へと行ったライオネルの代わりに、ハイラント王国の第二王女がフィルジリア上級学園にやって来た。

何代か前の王妃の遺伝だという美しいシルバーブロンドと菫色《すみれいろ》の瞳が印象的だ。

おまけにスラッと背が高く、折れそうなほど華奢《きゃしゃ》であるのに出るところは出ているという、カロリーナにとっては羨ましすぎる容姿の女性であった。

とにかく、なんというかとても美しい王女である。

王女は瞬く間に学園中の憧れ＆噂の的になったが、すぐに各国の高位貴族の令息や令嬢が周りをガッチリと囲い込んで王女を独占した。

まぁ高位貴族たちに囲まれていなくても、雲の上の存在とも言える大国の王女に下級貴族や平民の生徒たちはおいそれと近付くことなんてできないが。

この日もそんな王女と高位貴族の生徒たちの華やかな集団を一瞥《いちべつ》しながら、カロリーナと共にカフェテリアの席に座ってランチをしていたジャスミンが言った。

「毎日毎日ご苦労なことよね～。キラキラ王女を取り囲んで～。あの生徒たちって、よくライオネル殿下にもまとわりついていたわよね～」

「そうだったかしら？」

カロリーナがそう返事をすると、ジャスミンはジト目になってテーブルの向かいに座るカロリーナを見た。

「……随分おざなりな返事をしてくれるじゃない～？　どうせもう目の前の食事以外どーでもいいんでしょ～」

カロリーナとジャスミンの座るテーブルには、甘鯛のカルパッチョ、海老のビスク、ベーコンとほうれん草とゆで玉子のサラダ、牛テールの煮込みにチキンとフレッシュトマトのサンドイッチ、イカのフリッターとデザートのイチゴのババロアにピーカンナッツタルトが所狭しと並んでいた。

その片隅にジャスミンが注文したイワシとトマトのオイルパスタと付け合わせのサラダがちょこんと所在なさげに置かれている。

そして食事が始まり、綺麗なカトラリー捌《さば》きと完璧なテーブルマナーでバキュームの如く、しかし上品に次々とお皿を片付けていくカロリーナが言う。

「食事以外どうでもいいなんて失礼しちゃうわ。ライオネル様と交換留学で入ってこられた王女様ですもの、ちゃんと興味はありますわ～」

「アラそ～ですか～」

幼馴染にして親友という、気の置けない者同士の軽口の叩き合いをするカロリーナとジャスミンの側に人の影が落ちた。

何かしらと二人が座ったままその影の主を見上げると、なんとそこには件《くだん》の交換留学生、シェリアナ王女殿下が立っていた。

内心驚くも、カロリーナもジャスミンも慌てる様子を見せることなくゆっくりと立ち上がり、学園流の略式の礼を執《と》る。

そんなカロリーナとジャスミンに、身分が上であるシェリアナから声をかけた。

「ごきげんよう。初めてお目にかかりますわね。魔法学校から短期留学生として参りましたシェリアナです。どうぞよろしくね」

王女からの挨拶を受け、伯爵令嬢でありモルトダーン王子の婚約者であるカロリーナが応じた。

「はじめまして王女殿下。わたくしはワトソン伯爵家のカロリーナと申します。そしてこちらはわたくしの友人でジャスミン・カーター子爵令嬢にございます」

シェリアナはカロリーナの挨拶に笑顔で頷き、ジャスミンにも笑顔を向けてそれを挨拶とした。

そして再びカロリーナに視線を戻す。

「ワトソン伯爵令嬢はライオネル殿下の婚約者なのよね？」

「はい。さようにございます、王女殿下」

カロリーナがそう答えるとシェリアナは柔らかな表情を浮かべて言った。

「ふふ、堅いわね。もっと気軽に接してちょうだい。わたくしのことはシェリアナと。敬称もいらないわ」

「わかりました。では私のことはカロリーナとお呼びください、シェリアナ様」

「わかったわ。あなたもよ？　ジャスミン」

「あら、わたくしもですか～？」

いくらカロリーナとライオネルにとっては気の置けない幼馴染とはいっても、ジャスミンは子爵家の三女。

学園内ではある程度のフランクさは容認されているが、さすがに他国の王族に対してファーストネーム呼びは躊躇《ためら》ってしまうようだ。

「ええそうよ。カロリーナの婚約者であるライオネル殿下もそうでしょうが、わたくしもここへは外交の一環として交友関係を広げるために来ているの。様々な人と気兼ねなく接したいわ」

「「なるほど」」

カロリーナとジャスミンの声が重なる。

そしてカロリーナは思った。

きっと今頃、ライオネルもこうやって留学先の学校で新しい人脈作りのために邁進《まいしん》しているのだろう。

（頑張ってくださいまし、ライオネル様……！）

心の中で拳を握りしめてエールを送るカロリーナだが、シェリアナがテーブルに視線を落としているのに気付く。

「学園の食堂《カフェテリア》は街のちょっとしたレストランよりもメニューが豊富で味も美味しいんですよ！」

シェリアナが怪訝そうな顔をし、カロリーナとジャスミンに尋ねた。

「……まさかとは思うけど、この量の食事をあなたたち二人で食べるの？」

その言葉を受け、カロリーナとジャスミンが声を揃えて返事をする。

「「まさか（～）！」」

そしてカロリーナだけがケロッとして言葉を続けた。

「ほぼ全部私のランチです！」

「え」

シェリアナはカロリーナとテーブルの上の料理を忙しなく交互に見る。そして――

「……ふ、ふふふふ……あははははっ！」

と、今までの楚々《そそ》とした王女の服を脱いだかのように思いっきり笑ったのだ。

手を口元に当ててはいるが口を開いて笑っているのは明白である。王族の女性としてはまずあり得ない笑い方だ。それでも気品を感じさせるところがさすがは大国の王女というべきか……

しかし、やはり初対面の人間の前でこのように大笑いすること自体、目を見張るものがある。

屈託なく笑うシェリアナを唖然として見つめるカロリーナとジャスミン。

やがて笑いが収まったシェリアナが目の端に滲《にじ》んだ涙を指先ですくいながら言った。

「以前、モルトダーンの王太子殿下とお話しする機会があったときに聞いてはいたの。弟の婚約者は驚くほど、そして気持ち良いくらいによく食べると」

そんな話を自分の知らない間に大国の王女にされていたなんて驚きである。

ただ目を丸くするしかできないカロリーナにシェリアナは話を続けた。

「調子が悪いときでもコース料理くらいは軽くペロっとたいらげると。でも絶好調ならレストランのメニュー全制覇を一人で難なく成し遂げると……ね」

そ、そんなことまで言われていたなんて。

カロリーナにしてみればただ驚くばかりである。

シェリアナは再びテーブルの上の料理を見て言った。

「そのときは王太子殿下に揶揄《からか》われたのだと思ったのよ。だってとても信じられないお話じゃない？　わたくしの反応を面白がって誇張して語っているのだとばかり。でもこの量を見たら、それが本当のことだったとわかったわ……ぷ、ふふふ」

また笑いが堪《こら》え切れなくなったのか、小さく肩を揺らすシェリアナを呆然として見ながら、カロリーナは告げた。

「……でも……これでも学園では少食を心がけているのです。カロリーナの名に偽りなし、〝合言葉はカロリー！〟と言われたくなくて……」

「ぷはっ！　あははははっもうやめて〜！　笑い死んでしまうわっ！　あははははっ……！」

再び盛大に笑い出したシェリアナに、カロリーナとジャスミンは唖然として互いに顔を見合わせた。

そして、王女に釣られるように二人も笑い出したのであった。

カフェテリアで楽しそうに笑う三人を、周りの生徒たちは何事かと目を丸くして眺めていた。

その日から、カロリーナを気に入ったシェリアナとの交友が始まったのであった。

◆寂しがってはいられないから

上級学園に通う女子生徒の授業には、もちろん運動もある。

簡単なストレッチや体力強化のためのランニング。それからいざというときのための護身術の授業である。

その授業は二年生と一年生の縦割りの合同クラス編成で講師から指南を受ける形式になっていた。

なぜなら護身術の授業は任意による参加制で、野蛮なことはできないと見学に回る女子生徒が圧倒的に多いからである。

なので、せっかく外部から講師を招いても参加人数が少なくては格好がつかないと判断した学園側が、合同クラスを編成してその問題を解決したのであった。

今日の授業は簡単な護身術。

素手、もしくは扇子しか手にしていなかった場合に暴漢に襲われた際の対処法をレクチャーされていた。

今回は二年生のクリステル・ライラー伯爵令嬢が在籍するクラスとの合同授業であった。

イコリス王国王太子の婚約者だが騎士団団長令嬢であるクリステルは剣技も体術も幼い頃から習

得していて、かなりの実力者なのだそうだ。

とはいえクリステルの運動神経が抜群で馬術だろうと剣技だろうと体術であろうと難なくこなしてしまうことに、周りの人間は特に驚きはしなかった。

ただ、優秀な人間はなんでもできるのだなと感心するくらいである。

一方で、誰もがド肝を抜かれたのがカロリーナであった。

デブではないが、その肉付きの良いムチムチわがままボディからは想像もつかない俊敏な身の熟《こな》しを見て、誰もが驚愕している。

実力に合わせて組まれた対戦相手。

カロリーナはクリステルと手合わせをすることになり、互いに組《く》んず解《ほぐ》れつの拮抗した組み手を繰り広げている。クリステルの腕前は。元暗部の祖父仕込みの腕前を誇るカロリーナも確かな手応えを感じるほどであった。

結果はドロー。帯剣を認められた手合わせであったなら、クリステルが優位だったかもしれないが。

講師が「それまで」と止めに入り、二人は今まで相手を攻撃していた姿が嘘のように笑顔で握手を交わした。

クリステルが頬を伝う汗を拭《ぬぐ》いながらカロリーナに言う。

「カロリーナ様、見事な技の数々に感服いたしました」

「クリステル様こそ。西方大陸屈指の騎士団の妙技を目の当《ま》たり《あ》にするという貴重な経験をさせていただきましたわ。ありがとうございます」

二人は笑い合い、再び固い握手を交わした。

それを見学組の席から眺めていたジャスミンが、ハンカチを口元に当てて声をかけてきた。

「二人の動きがやばすぎて見ているこちらが目を回しそうでしたわ～。思わず吐きそうになるくらいに……」

そんなジャスミンにカロリーナはタオルで汗を拭きつつ言う。

「ジャスミンも参加すればいいのに。体を動かすと食事がとっても美味しいわよ？」

「カロリーナは運動しなくても食事が美味しいんでしょ～」

「ふふ、それもそうね」

そう言って笑うカロリーナの隣で、クリステルがジャスミンに声をかける。

「でも多少の護身術は習得していた方がいいと思うわよ？　特にあなたは卒業後、カロリーナ様の付き人になるそうじゃない。いざというときに仕える主を守れないのも困るでしょう？」

「いざというときはその主であるカロリーナに守ってもらうから大丈夫ですよ～」

ジャスミンのその言葉を聞いてカロリーナはどんっとふくよかなお胸を叩いた。

「任せておいて！　ジャスミンは私が絶対に守るから！」

「頼もしい～さすがカロリーナ～」

胸を張って豪語するカロリーナとパチパチと手を叩いて喜ぶジャスミン。

クリステルは二人を見て「まぁ本人同士がいいならいいのか……しら？」と首を傾げていた。

◇

運動の授業の後はランチタイムだったことから、カロリーナとジャスミンはクリステルもランチに誘い、三人で一緒に昼食をとることにした。

ライオネルとクリステルの仲を勘違いしていた頃を思うと信じられない光景である。

そしていつものカフェテリアでテーブルから溢《あふ》れんばかりの量を食べるカロリーナ。

相変わらず上品にモリモリと食べるカロリーナを見て、クリステルが言った。

「良かった……実は心配していたのよ」

「カロリーナの一日の総カロリーについてですか〜？」

ジャスミンが言うと、クリステルは一瞬噴き出すも、笑みを浮かべたまま静かに首を横に振った。

「違うの。ライオネル殿下がハイラントへ留学してもうひと月、会えない日々が重なっていくと不安や寂しさも同じように重なっていくから……」

「クリステル様……」

カロリーナはクリステルを見た。

思えば彼女も遠く祖国を離れ、自身の婚約者となかなか会えない日々を送っているのだ。

クリステルの愛する婚約者はイコリスの王太子。

おいそれと自国を離れるわけにはいかず、また時間があってもなかなか私用に充てることのできない忙しい身である。

ここに遠距離恋愛の先輩がいたことに、今さらながらに気付くカロリーナであった。

しっかりと握っていたカトラリーを置いてクリステルを見つめて言う。

「本当は……とても寂しいです。会いたいのに会えない。今まで近くにいたから尚さら寂しくて……少し前は自ら逃げて会わないようにしていたのに……そのときの自分を叱ってやりたいです。側にいられたのになんて勿体《もったい》ないことをするんだって……」

「カロリーナ様……」

「カロリーナ……」

しゅんとするしょんぼりカロリーナの肩を、隣に座っていたジャスミンが抱いた。

しんみりしてしまった空気を振り払うように、カロリーナは努めて明るく二人に告げる。

「でもお手紙のやり取りはしているのよ！　ハイラントの美味しいお菓子を見つけたら送ってくれるし。直接会えないのは寂しいけれど同じ空の下、そして同じ大陸の上にいるんですもの、凹《へこ》んでばかりもいられないわね！」

「偉いわ〜カロリーナ。そうよ、凹《へこ》ませるのはお腹だけにしておきなさ〜い」

「うっ……じゃあ一生凹《へこ》みとは無縁かも」

カロリーナとジャスミンのやり取りを見て、クリステルは楽しそうに笑っていた。

カロリーナは思う。

そう、寂しいなどと言ってはいられない。

自分は自分で学業と妃教育に邁進《まいしん》せねばならないのだ。

ライオネルが留学期間を終えて帰ってきたときに、メソメソと泣いてばかりだったなんて情けない報告はしたくはない。

ライオネルに負けないくらいに頑張ったのだと、ふくよかなお胸を張りたいから。

だからカロリーナは頑張る。泣き虫令嬢を返上して、新たなカロリーナになるために。

◆挿話　弟との手紙

【拝啓、私の可愛いジェイミー様。

陽の明るさの変化に春の兆《きざ》しを感じる今日この頃、いかがお過ごしでしょうか？

なんて、気取った挨拶をして気取った文面にしても仕方ないわね。

では改めましてジェイミー、元気にしてる？　以前はちょくちょく帰ってきてくれたのに、近頃はなかなか家に帰ってこないから心配しているのよ。

そしてとても寂しいわ。でも学業の方が大変なのはわかっているの。

数ヶ月後には最初の魔術師資格取得試験に挑むのですものね、忙しくて家に帰っている暇がないのはわかっているわ。

だからせめてこうして手紙を書くのは許してね？

お祖父《じい》ちゃまもジェイミーに手紙を書くと言って、辞書のように分厚い封書を送ろうとしたけど、「そんなの読んでいたら時間が取られて勉強の妨《さまた》げになる」とお母様に怒られていたわ。

だから私のこの手紙がワトソン家の家族を代表しての手紙となります。

ジェイミー、資格試験の勉強が大切で大変なのはわかるけれど、決して無理や無茶はしないでね？

よく食べてよく眠ってよく体を動かすこと。それを心がけていれば心身共にいつも健康でいられるわ。

そして心身が健康であれば、自《おの》ずと全てが上手くいくものなのよ。

これはお祖父《じい》ちゃまの受け売りだけれども。

だからジェイミー、ときには息抜きもして頑張りすぎないようにして頑張ってね。

帰省が無理なら、せめて手紙を書いてくれたら嬉しいわ。

そのときについでに魔法学校でのライオネル様の様子を教えてくれると嬉しいなぁなんて思ったりもして……

あくまでもわかる範囲内でいいのよ？

学年が違うからあまり接触がないとはわかっているし。

でも元気でやってるよ～とか、頑張ってるみたいだよ～とか、そのくらいでいいから教えてもらえると助かります。

ライオネル様とも手紙のやり取りはしているけれど、彼は私に心配をかけまいと良いことしか書かないと思うから……

第三者の目から見たライオネル様の様子が知りたいの。

よろしくお願いします。

では長々とごめんなさい。これじゃあお祖父《じい》ちゃまみたいにお母様に叱られてしまうわ。

それじゃあジェイミー。私の大切な自慢の弟。体に気を付けて元気でね。

遠くモルトダーンの地より愛をこめて。　カロリーナ】

【拝啓、敬愛する姉上様。僕も堅苦しい挨拶は抜きにさせてもらうよ。

手紙をありがとう。お祖父《じい》さんの一大スペクタクル長編手紙、どんな感じだったかだいたい想像がついて思わず笑ってしまったよ。

資格試験の勉強が忙しくてなかなか帰れなくてごめん。

でも僕はしっかり食べて寝て元気に過ごしているから心配しないで。

帰れない分、手紙もできるだけ書くよ……って、殿下の様子が知りたいだけなんだろ？　まぁ姉さんのことだから、僕と殿下のどちらのことも心配してどちらの様子も知りたがっているとは理解しているけどね。

その殿下だけど、やはり学年が違うからそんなに接点はないんだ。

殿下が魔法学校に来てすぐに挨拶はしたけど、それ以降は互いに忙しくてなかなか……ね。

だけど時々、校内で様子を見かける限りは元気にやっているみたいだよ？

まぁ心配はいらないんじゃない？

そういえば、もうすぐ精霊召喚の実技授業があるんだよ。

それに殿下が見学を希望されているとか聞いたな……なんならそのときに会えるかもしれないから話しかけて様子を見てみるよ。

でもそれより、僕が心配なのは姉さんだよ。

学園はどう？　変な奴にお菓子をあげると言われてもついていっちゃダメだよ？

男は基本、みんなケダモノと思っていて間違いはないからね。

僕も殿下もすぐには駆けつけられないこの状況で、事件や事故に巻き込まれるようなことはしないでくれよ？

それじゃあそろそろ筆を置くよ。このままじゃキリがなくて、僕も一大スペクタクル長編手紙を書いてしまいそうだからね。

姉さんも元気で。また手紙を書くよ。

ハイラントより感謝の気持ちを込めて。　ジェイミー】

◆浮気疑惑……浮上!?

「カロリーナ、ここよ」

ライオネルが留学して三ヶ月が過ぎようとしていた。

留学前の宣告通り、その間ライオネルは一度もモルトダーンには帰っていない。

最初の頃は頻繁に手紙のやり取りがあったものの、〝面倒な件に関わってしまった〟という内容の手紙を貰ってからは、手紙が届く回数が激減してしまったのだ。

面倒な件とは一体なんだろう。

先日届いたジェイミーの手紙ではライオネルは元気で忙しくしていると書かれていたけど、詳しい様子まではわからなかった。

ただでさえ会えなくて寂しい思いをしているというのに、頼みの綱である手紙すら減ってしまい、カロリーナは内心……だけでなくとてもわかりやすく落ち込んでいた。

そんなカロリーナに大切な話があると、膨大な食事量を笑われて以来友人となったハイラントの王女シェリアナからお茶会に招かれた。

お茶会の招待客はカロリーナとジャスミン、そしてライオネルの兄である王太子の婚約者、レダモンド侯爵令嬢フローラの三名。

フローラとは、シェリアナのデビュタントの夜会で王太子の婚約者として挨拶をしたのがきっかけで友人としての付き合いが始まったそうだ。

優しくて気配り上手なフローラは、カロリーナはもちろんジャスミンとも古くから面識があるので本当に気の置けない者同士、楽しいお茶会になりそうだとカロリーナは思った。

期待に胸を膨らませ、美味しいお茶菓子に頬を膨らませるカロリーナに、シェリアナがずばりと言った。

「せっかく皆で初めて集まったお茶会で初っ端《しょぱな》からこんな話はしたくないのだけれど、先送りにしても仕方ないから本題に入らせてもらうわね……カロリーナ、あなたの婚約者であるライオネル殿下が……浮気をしているかもしれないの」

「え、……浮気、ですか？」

「ハイラント王家所有のタウンハウスに勤める者が耳にして教えてくれたのよ。魔法学校はハイラント王家直轄だし、王女の私が在籍している学校だから」

「え〜？　その話、本当ですか〜？」

ジャスミンが尋ねると、シェリアナは逡巡《しゅんじゅん》した様子を見せるも意を決したように告げた。

「実際にライオネル殿下が一人の女子生徒とずっと一緒にいる姿を学校中の生徒が目撃しているそうよ。モルトダーンの王子に現地妻ができた……とか囁《ささや》かれているらしいわ」

「現地妻……」

「現地妻って何よそれ〜。殿下は未婚なのにね〜」

「まぁそれはただの揶揄《やゆ》だとしても、ライオネル殿下がハイラント《向こう》で一人の女子生徒と懇意にしているのは間違いないようだわ」

「懇意……」

シェリアナの話に呆然とするカロリーナに代わり、フローラがシェリアナに言った。

「まさかそんな……あり得ませんわ。あのカロリーナ様一筋のライオネル様に限って……」

兄王子の婚約者として王宮に出入りして、カロリーナ同様王家とも家族ぐるみの付き合いをしているフローラだ。ライオネルが異常なまでにカロリーナに執着していることは知っている。

そしてライオネルのあの珠玉のカロリーナコレクションの存在も当然知っているわけで……それ故《ゆえ》に俄《にわ》かには信じられないと言わんばかりのフローラであった。

それについてはジャスミンも同意見で、シェリアナに「何かの間違いでは～？」と訊いた。

シェリアナは静かに首を横に振って答える。

「残念ながら間違いではないらしいわ。殿下には側近が一人常についているけれど、授業以外は四六時中、その女子生徒がベッタリだと……」

「ベッタリ……」

「おまけにライオネル殿下のことをネル、と愛称で呼んでいるらしいわ」

「ネル……」

「カ、カロリーナ様？　大丈夫？」

オウム返しのようにただ呆然とシェリアナの言葉を繰り返すだけのカロリーナを心配して、フローラが顔を覗き込んできた。

何を見るともなしにぼんやりするカロリーナの様子を横目に、ジャスミンがフローラに尋ねた。

「王家の方々のご様子はどうですか～？　王子《息子》のことならどんな些細《ささい》な情報も陛下や王妃様は把握されていると思いますが～」

その言葉を受け、フローラは最近の王家の様子を思い浮かべてみた。

「うーん……皆様に特段変わったご様子は見られなかったわ……あ、でも……」

「「でも？」」

シェリアナとジャスミンの声が重なる。

「王太子殿下《アーサー様》……ライオネル様のお兄様が、何やら影の者に指示を出していたのを見かけたことがあったの。それと何か関係しているのかしら……？」

「影に？　う～ん……？　ありそうでなさそうな……それだけではさっぱりですわね～」

ジャスミンが肩を竦《すく》めると、それぞれが思い悩んで黙り込んだ。

（ライオネル様が浮気……？　一人の女子生徒をずっと側に置いてベッタリ？　……ネルとかいう愛称を許している？　……ライオネル様が？）

上級学園に入学する少し前のカロリーナなら、今の話を鵜呑《うの》みにして衝撃に打ち拉《ひし》がれたかもしれない。

だけどライオネルから真摯《しんし》に愛の告白を受け、彼と想いが通じ、心から信頼を寄せられるようになった今ではそんな話を聞いてハイそうですかと安易には頷けない。

シェリアナの言うことを疑うわけではなく、彼女が信じられないというわけでもない。

ただカロリーナの心がライオネルは浮気なんてしないとそう告げているのだ。

自分を裏切るわけがない。卒業して結婚式を挙げる日を心待ちにしてくれているライオネルが、そんなこと……

重い沈黙が広がる中、カロリーナは突然立ち上がり、そして声高らかに宣言した。

「私……ハイラントへ赴き、この目で確かめてきます！」

「えっ」

「ええぇ～？」

カロリーナの決意表明に驚いた皆が大きく目を見開く。

「少し前の騒動で私は学んだの。物事を判断するときは人から聞かされた情報ではなく、自分の目と耳で見て聞いたものから判断するべきだと。そして私はライオネル様と人生を共にすると決めたのよ。それなら私自身がライオネル様を信じなくてどうするの？　だから私、事実を見極めてきます！」

決意を込めて力強くそう告げるカロリーナを、ジャスミンとフローラが慌てて制する。

「お待ちなさいカロリーナ～。そんな意気込んで行ったって『浮気なんてしてない』って否定されて誤魔化されて終わりよ～？　もし殿下が黒なら証拠隠滅も図られるかもしれないし～？」

「そうよ、それに婚約者が乗り込んできたと大騒ぎになって、いいゴシップの種になってしまうだけよ！」

二人のもっともな言葉にカロリーナは大きく頷いた。

「ええ。もちろんわかっているわ。だから私、単身秘密裏に魔法学校に潜入して隠密行動をしようと思うの」

「ますますお待ちなさいカロリーナ。落ち着いて考えてみて？　自国や学園内での隠密行動はある程度許されているけれど、他国でそんな勝手なことをするのは国家間の盟約に抵触するかもしれないわ」

さすがは未来の王妃、フローラが冷静で現実的な意見でカロリーナを諭《さと》す。

だけどそのとき、今まで沈黙を貫いていた……というよりはカロリーナの突拍子もない宣言に面食らって言葉を失っていたシェリアナが、突然大きな声で笑い出した。

「あはっ……！　あははははははっ！　やっぱりあなたは最高ねカロリーナ！　ふ、ふふふふふ……！」

やはり王女としては派手に、だけど不思議と品が良く見える笑い方でシェリアナは笑い続けた。

それを見やり、ジャスミンがカロリーナに言う。

「王女殿下って笑いの沸点が低いわよね～」

「ふふ、楽しい方よね」

そして一頻《ひとしき》り笑った後で、シェリアナは宣言した。

「ハイラント《国》には私が話を付けるわ。魔法学校内とライオネル殿下が滞在するホテルでのみ、カロリーナが隠密行動できるように取り計らってもらうから、あなたは臆することなく存分におやりなさい」

その太っ腹な言《げん》にカロリーナもジャスミンもフローラも目を丸くする。

「えっ、よろしいのですか？」

「もちろんハイラント側の影が監視に付くだろうけど、それも常識の範囲内にさせるし、なんならカロリーナの手助けをするように命じておくわ。それでいいかしら？」

美しく澄んだ菫色の瞳を向けられ、カロリーナはしっかりと頷く。

「いいも何も……！　はいもちろんです！　よろしくお願いいたします」

「ふふ、じゃあ決まりね」

そうして、まずは親に他国に渡る許可を取ってとか、学園に休みの申請をしなくてはとか、一切合切の手順を無視してカロリーナはハイラント行きを決めたのであった。

ハイラント王女の心強い後ろ盾を得て……

◆カロリーナ、家族を説得する

「……もう一度言ってくれる？　カロリーナ」

ライオネルの浮気疑惑をシェリアナから聞かされたカロリーナは、単身秘密裏に、それが事実かどうかをハイラントへ確かめに行くと家族に告げた。

父は渋面を浮かべただ首を横に振り、母は笑みを浮かべてはいるが目は笑っていない表情でカロリーナにそう促した。

カロリーナは母キャメロンに言われた通り、元気良くもう一度同じ言葉を口にした。

「だからね、ライオネル様が本当に浮気をしているかどうか、実際にこの目で確かめに行こうと思うの」

まるで近所にでも行くかのように軽い口ぶりの娘にキャメロンは告げる。

「却下」

「えっ、ど、どうして？」

「どうしてじゃありません！　単身他国に乗り込んで隠密行動なんて一体何を考えているのっ！　いえ何も考えていないのね。だからそんなバカなことが言えるんだわ」

「バカなことって……私は真面目に考えて決めたのよ？」

「考えたって……どうせ脊髄《せきずい》反射で物事の結論を出したのでしょう？　変なところばかりお祖父《じい》様に似て……とにかく、ダメなものはダメです」

「どうして？　ハイラントの王女殿下が認めてくださっているのよ。決して違法じゃないわ」

「違法とか合法とかそんなことを言ってるんじゃないの！　嫁入り前の大切な娘を一人で他国に行かせられるわけがないでしょう！」

「一人じゃないと影で動きづらいもの」

「あなたは王家に嫁《とつ》ぐことが決まっている伯爵家の娘なのっ！　暗部の人間みたいなことを言わないでっ！」

「でも、その王家に嫁《とつ》ぐということ自体が危ぶまれる事態なのかもしれないのよ？」

「お！　〝自体〟と〝事態〟をかけたのか。我が孫ながら冴え渡っておるの！」

珍しく黙って聞いていた祖父のハンターだが、カロリーナの言葉に膝を叩いて賞賛した。

そんなハンター《父》を娘であるキャメロンが睨《ね》めつける。

「……元はと言えば、お父様がカロリーナに暗部スキルなんて叩き込むからこんな突拍子もない発想をする子になったのでしょうっ？」

「何を言う！　カロリーナほど優れた身体能力を持つ逸材を王家に嫁に出すだけで終わらせるなんぞ、宝の持ち腐れぢゃわいっ！」

「カロリーナという宝の価値は類《たぐい》まれなる身体能力だけではありませんっ！　この子の全てが宝なのですっ！」

「その通りじゃ！　さすがは我が娘！　いいこと言いおるっ‼」

「その宝を、いくら向こうの王女の庇護下だからといって簡単に行かせられるわけがないでしょう！　王家の方々にもお伺いを立て、許可をいただかなくてはいけないのよっ！」

キャメロンがそう言うと、カロリーナはあっけらかんとして母と祖父に告げる。

「あ、それなら問題ないわ。だってもう王妃様の許可はいただいているもの」

「…………は？」

たっぷり間を置いて唖然としていたキャメロンが声を発した。

「だって学園はともかく、ハイラントへ行っている間は王子妃教育もお休みしなくてはいけないでしょう？　だからせめて王妃様の許可はいただかないと、と思って」

実はシェリアナとのお茶会が終わってすぐに、フローラと共に王宮へ行ったのだ。

そしてフローラに証人となってもらい、王妃に全ての事情を説明したのだった。

話を聞き、王妃は眉間にマゼトラン海峡よりも深いシワを刻んで、「あのバカ息子……一体何をやっているの。……どうりでこの頃、陛下とアーサーが男同士でコソコソとやっているなとは思っていたのよ……間違いなく、これは裏があるわね」とブツクサとひとり言を口にしてからカロリーナに尋ねた。

「ハイラント向《こう》の許可は下りるのよね？」

それについてはフローラが答えてくれた。

「はい、王妃様。シェリアナ第二王女殿下から、行動できる場所に制限はありますが許可をいただきました。ハイラント国王へは王女殿下が話をつけてくださるそうです」

「あの美しい王女ね……私も何度か話をしたことがあるわ。よく笑う王女よね」

王妃がそう言うと、カロリーナもフローラもシェリアナの屈託のない笑い声を思い出して笑みを浮かべた。

「はい、とてもよくお笑いになりますわ」

「カロリーナと一緒にいれば特に笑いは絶えないでしょうね」

「ふふふ、そうですわね」

「カロリーナには真実を知る権利があるわ。影を動かすと陛下《敵》に筒抜けになってしまうけど、カロリーナが自ら動けばわからないわね……いいでしょう。王子妃教育はしばらくお休みしてハイラントへ行ってきなさい」

王妃はそう言ってカロリーナのハイラント行きを許可してくれたのであった。

「ありがとうございます。ではさっそく陛下にもお話しして参ります」

「陛下《あの人》に許可？　そんなものはいらないわよっ」

と、王妃は頬を膨らませた。

どうやら息子の件で自分に内緒で影でコソコソしているのが許せないのだろう。

そうしてカロリーナは先に王妃に許可を取ってから自分の家族に話をしたのであった。

その一連の説明を聞き、キャメロンは頭痛を感じたのか、こめかみを押さえながら言う。

「……王妃様が許可したのなら反対できないじゃない……みんな、カロリーナの能力を過信しすぎよっ。カロリーナだってか弱い女の子なのにっ……！」

キャメロンとてカロリーナの能力の高さは理解しているし、認めている。

自分も父であるハンターに様々なことを叩き込まれたが、カロリーナほどの才能は開花させられなかった。

でもだからといって、娘の身を案じない親などいない。

いくら身体的に問題なくても精神《こころ》はそうではないのだから。

ましてや泣き虫なカロリーナが自分の目の届かない他国で辛い思いをして一人で泣いていても、すぐには駆けつけることができないのだ。

キャメロンは娘の方へと視線を向ける。

が、カロリーナの表情を見てため息をついた。

悔しいけれど娘は母親譲りの意志の強さを持っている。

体形同様、中身はポヤポヤしていそうだが、実は岩のように硬い頑固さがあるのだ。

そのカロリーナが固い意志を示す眼差しを、母親である自分に向けている。

これはもう止めてられない。どうせ止めてもこっそりと家を抜け出してハイラントへ行ってしまうだろう。

そうなれば向こうで困ったことがあっても勝手に家を出てきた手前、カロリーナは実家を頼ることができなくなる。

「もぅ……もどかしいっ……あぁ……権力が欲しいわ！」

「物騒なもの言いをするでないっ」

キャメロンの魂の叫びにハンターがギョッとする。

それを無視してキャメロンはカロリーナに告げた。

「わかったわよ……行ってらっしゃいな。そしてちゃんと事実を確かめてきなさい」

「お母様っ……」

「でもねカロリーナ、これだけは約束してちょうだい。何かあったらすぐに知らせること、それから泣くなら一人で泣いてはダメよ。そのときは家に帰ってきて、家族の側で大いにお泣きなさい。……わかった？」

「はい、わかりました……ありがとうお母様」

キャメロンの言葉の端々に温かな母の愛を感じる。

この温もりがあればきっと頑張れる、カロリーナはそう思った。

こうしてカロリーナは家族の説得に成功した。主に母の説得だったが。母さえ堕とせれば芋ずる式に父の許可も得られるのだ。

そしてシェリアナから諸々の話がついたという報告を受けてすぐにハイラントへ向かい、魔法学校に潜入したのであった。

◆潜入！　ハイラント魔法学校

「用務員さん、すまないがこの魔道具を保管室に戻しておいてくれるかな？」

「あ、〝マンドラゴラ専用猿轡《さるぐつわ》〟ですね。マンドラゴラの植え替え時に必要なアイテムですもんね。承知しました。元の場所に戻しておきますね」

「ありがとう。よろしく頼むよ」

ハイラントに到着して五日。

カロリーナは今、用務員としてハイラント魔法学校に潜入している。

シェリアナを通してハイラント側が用意してくれた用務員の職員証を用《もち》いて、魔法学校に入ることができた。

ライオネルの素行調査のため、世を忍ぶ仮の姿として用務員の格好をしていることから、こうやって時々教師や生徒から用事を頼まれたりする。

そんなとき、カロリーナは潜入させてもらっているお礼として簡単な用事なら引き受けているのだった。

（今の私は完璧な用務員さんね）

そんなことを思いながらテキパキと頼まれた雑用をこなすカロリーナを見守る影がある。

実はハイラント側から一人、壮年女性の影がカロリーナに監視役として付けられているのだ。

監視役ではあるがカロリーナのお世話も一任されているそうで、完璧な変装でカロリーナが隠密行動を取れるようにと簡易的な変身魔法をかけてくれた。とても良い人である。

変身したカロリーナの姿はちょっとムチッとした四十代前半くらいのおば様用務員。

瞳の色は魔法を用《もち》いても変えられないが、髪の色は本来のミルクティー色から落ち着いたココアブラウンに変わっている。

この変身魔法のおかげで、カロリーナは自由に魔法学校内を闊歩《かっぽ》してライオネルの様子を覗き見していたのだった。

（あ、ライオネル様だわ……）

偶然にもライオネルを発見。三日前より魔法学校に潜入しているが、初日に物陰からライオネルの姿を見たとき、カロリーナは思わず泣いてしまった。

あんなに会いたかったライオネルが目の前にいる……！

それだけで感極まって、涙が堰《せき》を切って溢《あふ》れ出たのだ。

あぁ……できることなら今すぐ駆け寄ってあの胸に飛び込みたい。

カロリーナを難なくドスコイと受け止めてくれる逞《たくま》しい腕に包まれたい。

だけど今、本来なら自分はここにはいない存在。

潜入が簡単に露見しては、協力してくれたシェリアナやハイラント王家に申し訳が立たない。

だから血の涙を流す思いで本当の涙を流しながら、ぐっと堪《こら》えたのであった。

が、そんな忍耐もスン……と霧散《むさん》するような光景が現在のカロリーナの目に飛び込んできた。

鼻につく甘ったるい声が聞こえてくる。

「待ってよネルぅ～☆」

(ネル……？　あ、出ましたわね！)

シェリアナから聞いていたライオネルの現地妻と揶揄される女子生徒が、ピンクブロンドの髪を靡《なび》かせてライオネルの元へと駆け寄り、彼の腕にガッシリと絡みついた。

(まぁっ！)

カロリーナは自分の婚約者にくっ付く女子生徒を見て目を丸くした。

あれが授業以外は四六時中ベッタリと一緒にいるという状態か……

ムムム、やはり本当に浮気なのか。

カロリーナは眉根を寄せてライオネルとピンク髪の女子生徒を注視した。

女子生徒はカロリーナともクリステルともジャスミンともタイプが違う。ゆるふわなピンクブロンドのロングヘアに翡翠《ジェイド》の瞳。かなり小柄な体格で、おそらく実年齢よりも幼く見えているのではないだろうか。

(あら？)

ライオネルはげんなりした顔をして自身の腕にまとわりつく女子生徒の腕を外した。

そして今度はうんざりした顔をしてその女子生徒に言った。

「リズフィリス殿。何度も言っているが、すぐにくっ付いてくるのはやめていただきたい。それにネル、などという愛称で呼ぶことも、私は許してはいないが？」

「なによぅ～ネルったらテレちゃってぇ～、恥ずかしがらなくてもいいのよ？　こっ、ち、の男性ってウブなのね。ウフフフフ」

「テレてないしウブでもない」

「またまたぁ～☆」

そんな言葉を交わし合いながら歩き去っていくライオネルとリズフィリスと呼ばれた女子生徒と、オマケのようについていくマーティンの後ろ姿をカロリーナは唖然として陰から見送った。

あれは……あの様子は……浮気？

確かにパッと見では浮気と言えるかもしれない。

距離感がおかしい女子生徒に愛称で呼ばれて行動を共にしている……

でも、あの女子生徒を見るライオネルの表情。

たとえ愛だの恋だのといった甘い感情のない割り切った関係の浮気相手だったとしても、あの顔はない。

心底げんなりと、そしてうんざりしたライオネルのあの表情を見ればわかる。

それにライオネルはハッキリと言っていたではないか。

くっ付くなと、勝手に愛称で呼ぶなと。

「良かった……」

安堵のため息と共に無意識にそんな言葉が漏《も》れていた。

ライオネルは浮気なんてしていない。

だけど、あのリズフィリスという女子生徒といつも一緒にいるのは確かなのだろう。

あの女子生徒、まるで暗部の人間のように神出鬼没で、ライオネルの前に現れてはまとわりついている。

ライオネルの心情はともかく、リズフィリスがライオネルを気に入っているのは明白だ。

ライオネルも迷惑だと如実《にょじつ》に顔に出しているというのに、彼女を追い払おうとまではしない。

これは何かワケがあるに違いない、とカロリーナは思った。

それを調べねばモルトダーンには戻れない。

そうしてカロリーナはその後も、魔法学校にてライオネルの秘密を探る調査を続けているわけなのだった。

また、弟のジェイミーにこっそり挨拶をするべきかどうかを迷うカロリーナであった。

◆シスコンを侮《あなど》ってはいけない

ムチッとした熟女用務員に扮《ふん》して魔法学校に潜伏して六日が経った。

その間カロリーナはシェリアナの指示により、監視役の暗部の女性が手配してくれたホテルに宿泊して学校に通っている。

そのホテルは王都の一等地に立つ一流ホテルで、こんな豪華なホテルの宿泊代なんてとても払えないと辞退したものの、滞在費はシェリアナ王女のポケットマネーから出るから心配はいらないと返された。

それなら尚のこと甘えるわけにはいかないと固辞したが、友好国の王子妃となる伯爵令嬢を安宿に泊まらせるわけにはいかないと逆に固辞を固辞された。

このホテルであればセキュリティは万全。裏を返せば外部に情報が漏《も》れにくく、カロリーナがこのホテルに宿泊していることは決してバレないそうだ。

ライオネルが滞在しているこれまた超が付く高級ホテルからもほど近く、隠密行動もしやすいだろうとも言われ、カロリーナは大人しくシェリアナの厚意に甘えさせてもらうことにした。

「さすがは大国ハイラントの王女殿下。器の大きさが違えば財布の大きさも違うのね」

カロリーナは自身が愛用する猫の刺繍が施されたミニがま口を見て笑った。

良きホテルに泊まり、良きホテルの良き食事に舌鼓《したつづみ》を打ち、熟女用務員としての潜入もバッチリだ。

そんな順風満帆なカロリーナを目下《もっか》悩ませている問題は、ハイラント魔法学校に通う弟のジェイミーについてであった。

弟にこちらに来ていることを打ち明けるべきかとうか。

カロリーナはそれを悩んでいた。

ジェイミーは心配性だ。そしてカロリーナの弟とは思えないほど慎重で繊細で痩身なのだ。

そのジェイミーに単身魔法学校に潜入したなんて言った日には……もしかして家に強制送還されないとも限らない。

そうなっては、なんのためにハイラントへ来たかわからなくなる。

考えに考え、「……ナイショにしておきましょう」という結論に至り、カロリーナは潜入捜査……というよりは、ライオネルの潜入観察を続行することにした。

◇

ライオネルは低魔力だが全く魔力を有していないわけではない。

実はかなりの高魔力保持者として生まれてきたらしい。

だけどカロリーナと婚約を結ぶ以前、もっと幼い頃に突然その魔力の多くを失ったようなのだ。

魔力は体力と同様に、必要な時間に個人差はあるものの、自然と回復していく。

しかしライオネルはなぜかその後、魔力が回復することはなかったという。

そしてやはり、その僅かな魔力量では学校で学ぶような高度な魔法を扱えるはずもなく、ライオネルはもっぱら座学のみを受けているらしい。

そして実技の授業は見学だけに留めているようだ。

これは最初の方に貰った手紙に書いていた通りだな、とカロリーナは思った。

また親交を深めるための交換留学生として、彼は様々な生徒と接して交友関係を広げている。

中には王族や貴族に対しあまり好意的ではない生徒もいるが、ライオネルは臆することも阿《おもね》ることもなく、そんな生徒たちにもフラットに話しかけていた。

そこはまぁ、フィルジリア上級学園でも常に人に囲まれていた社交的で華やかなライオネルの対人スキルなら問題ないだろう。

(陰から)見れば見るほど、知れば知るほどライオネルの素晴らしさに胸がドキドキキュンキュンする。

だけどやはりライオネルの側には……

「ネルネルぅ～☆　ワタシ、ソフトクリームというものが食べたぁい！　聞いた話によるとそのソフトクリームは白くて？　甘くて？　冷たくて？　巻き巻きしてるのよね？　ねぇ～食べてみたいよぉ～！」

あのピンクブロンドの女子生徒、リズフィリスがベッタリと張り付いていた。

「……勝手に食べればいいだろう。校内のカフェに行けばいくらでも食べられるはずだ」

ライオネルがそう答えると、リズフィリスはサラサラの髪を揺らしながら体をクネクネさせる。

「えぇ～っひどーい！　リズがこっちのお金持ってないのを知っててそんなコト言うなんて！　リズ、ビンボーなのよ？」

「なら帰ればいいだろう！　向こうならなんでも手に入る身分なのだからっ！」

「だってあっちにソフトクリームはないもの！　クレープもフライドチキンもタイヤキもないも

の!!」

「まさかそれを全部俺に奢《おご》らせるつもりじゃないだろうな？」

「ウフフフ☆　さすがネルネル！　太っ腹ぁ〜！」

そう言ってリズフィリスはライオネルの腕にしがみついた。

「コラ、くっ付くなと言っているだろう！　それに奢《おご》るなんてひと言も言ってないからなっ！　俺の財布の紐を無尽蔵に緩めさせられるのはこの世にたった一人だけだっ！」

「それがリズなのね！　うっれしい〜☆」

「貴様なわけあるかっ！　いいから離れろっ！」

「フフフ照れちゃって☆　さぁカフェに行きましょ〜」

「俺の話を聞けっ！」

またまた賑やかな会話を繰り広げながら、ライオネルはリズフィリスに背中をぐいぐい押されてカフェのある方向へと向かわされた。

「……はぁ……」

ライオネルの側近であるマーティンが深いため息をつく。

そしてやれやれといった体《てい》でライオネルたちの後に続いた。

それをずっと物陰から眺めていたカロリーナはなんとも言えない気持ちになる。

あの関係に男女の艶《つや》めきなど一切ないのだろう。

だってカロリーナに愛を囁《ささや》くときのライオネルとは全然違う。

全然違うから、浮気ではないとはわかる。

「だけどこの胸のモヤモヤはなに……？」

モヤる。なんか非常にモヤるのだ。

ライオネルとリズフィリスのあの関係性。恋愛ではないにしても、あの気安さはなんだろう。

留学して三ヶ月。すぐに知り合ったのだとしてもまだ三ヶ月だ。

それなのに何？　まるで以前から既知の仲であるかのような、あのお互いへの遠慮のなさと心を許した感じは……

カロリーナはクリステルのときとはまた違う感情を抱え、それを持て余していた。

「……私もソフトクリームとクレープとフライドチキンとタイヤキが食べたい……」

◇

次の日も、そのまた次の日もライオネルはリズフィリスと一緒にいた。

客観的に見てもリズフィリスが付きまとっているだけだ。ライオネルの方は迷惑がっている様子が見受けられる。

だけど結局は本気で追い払うわけでもなく、リズフィリスの好きにさせているのだ。

このこともまたカロリーナをモヤモヤとさせる。

(でも……でも、きっと何かワケがあるはず……)

と、カロリーナは自分に言い聞かせていた。

するとそのとき、ライオネルとリズフィリス、とマーティンの側に近付く人影があった。

カロリーナもよく知る人物、それは弟のジェイミーであった。

ジェイミーが何かライオネルとリズフィリスに話しかけているが、少し距離があるのでカロリーナにその内容を聞き取ることはできなかった。

リズフィリスはジェイミーの姿を見て嬉しそうに腕に抱きつく。

それをされたジェイミーは驚く様子も慌てる様子もなく、するりとリズフィリスから身を離していた。

ジェイミーのあの対応の感じでは、すでにリズフィリスやライオネルとは何度も会っているようだ。

（そんなこと、手紙にはひと言も書いていなかったのに……）

ライオネルと顔を合わせることをカロリーナに黙っておく必要などジェイミーにはないはずだ。

それなのにそのことに触れないなんて。

（リズフィリスさんの存在を隠しておきたかったから……？）

カロリーナは、やはりこれは何かあると感じた。

それから少し会話をして、ジェイミーはライオネル一行と別れた。

カロリーナはその場を離れていく一同を陰から見送る。

でも今はライオネルではなく、弟ジェイミーの方に視線が釘付けだ。

重そうな魔導書を携《たずさ》えて校内を歩くジェイミー。それはどこから見ても完璧な魔法学校の生徒で、カロリーナは思いがけず知ることができた弟の姿に感動していた。

（ジェイミー……！　立派になって……！）

まるで母親のように感極まって目に涙を浮かべるカロリーナ。

その涙を拭《ぬぐ》うべくポケットから大判ハンカチーフを取り出そうとしたそのとき、ふいに背後に気配を感じ、そして声をかけられた。

「……姉さん」

「キャッ!?」

今の今まで前方を歩いていたはずのジェイミーに突然後ろを取られ、カロリーナは思わず飛び退いて距離を空《あ》ける。

あの距離を一瞬で詰めるなんて、どんな武芸の達人でも不可能だ。

ジェイミーはきっと転移魔法を用《もち》いてカロリーナの後ろに来たのだろう。

カロリーナは心臓をバクバクとさせながら、何食わぬ顔でジェイミーに言う。

「はて？　姉さんとは……？　人違いじゃないかしら？　私はしがない熟女用務員。あなたのような優秀で優しくて可愛い弟なんて知らないわ」

自分はカロリーナではないとジェイミーにわからせなくてはならない。

弟には内緒にすると決めたのだから、ここで姉だとバレるわけにはいかないのだ。

そして用務員らしく手にしていた雑巾で窓を拭き始めるカロリーナに、ジェイミーは目を眇《すが》めて何やら呪文を唱えた。

　すると、たちまちカロリーナの全身がムズムズして……

「あら！　え？　どうして？」

　カロリーナは窓に映った自分の姿を見て驚いた。

　一瞬で変身魔法を解かれ、長年見慣れた本来の顔が窓に映っていた。

　目を丸くしてパッと振り向き、弟に言う。

「すごいわジェイミー！　魔法を解いたのっ？」

　弟の優秀さを目の当《まあ》たりにして瞳を輝かせるカロリーナに、ジェイミーは目を眇《すが》めたままで問う。

「姉さん、なぜここに？　なぜ姿を偽って魔法学校にいるのかな？」

　ぎくり。もはや誤魔化しようのない状態に陥ったカロリーナはたじろぐ。

「えっと……あの、その……」

　ごにょごにょと口ごもるカロリーナに、ジェイミーはもう一度問うた。

「なぜ、魔法学校《ここ》に、姉さんがいるのかな？」

「それはその……ちょっ、ちょっとした潜入捜査？　みたいな？」

「マジか……どこからバレたんだ……？　潜入捜査？　一人でハイラントに？　バカな……いや、だから姉さんには知られないように気を付けたのに……誰かが教えた……？」

　頭を抱えてジェイミーはぶつくさとひとり言をつぶやく。

　カロリーナが潜入捜査と言っただけで、ジェイミーは状況を理解したようだ。

「それよりもジェイミー、どうして私だとわかったの？　身を潜《ひそ》めて気配も消していたし、変身魔法だってかかっていたのよ？」

今度はカロリーナがジェイミーに問うと、彼はさも当たり前と言わんばかりの顔をした。

「僕は薄く広く、常に認識魔法を周囲に巡らせているからね。僕の意識下、半径十メートル圏内なら相手の魔力はもちろん、僅かに感じた気配を拾うことができるんだ。ましてや姉さんの気配なら、感知しないはずがない」

「まぁ！　すごいわジェイミー！」

「当然だよ」

確かにすごいことではあるが、何気にすごいシスコン発言でもあることに、この姉弟は気付いていない。

恐るべきシスコン。シスコンを侮《あなど》ってはいけない。

◆話せない魔法

「……まさかのハイラント王女からの情報だったとは……」

カロリーナは今、滞在しているホテルの部屋にジェイミーと二人で戻っていた。

魔法学校に潜入していることがバレて、「どこで寝泊まりしているの？　まさか安いからとセキュリティもクソもないボロホテルに泊まっているんじゃないよねっ？」と血相を変えたジェイミーに問い詰められたのだ。

それは大丈夫だと伝えてもホテルに連れていけというジェイミーに押し切られたのだが、実際に部屋を見たら安心するだろうと思った。

ホテルの豪華さに驚愕の表情を浮かべるジェイミーに、さらにハイラント王女の厚意で泊まっていると説明すると、彼はそれだけで全てを察したようだった。

そして冒頭のあの言葉を口にしたのである。

「交換留学生であるシェリアナ様とひょんなことからお友達になったの。私がライオネル様の婚約者だとご存知だったから、ハイラントからの噂を耳にして私に教えてくださったのよ」

カロリーナはライオネルのことを知った経緯をジェイミーに話す。

「ライオネル様がその……留学先で浮気をしていると……でも私、どうしてもそれが信じられなくて。だから自分の目で確かめたいと魔法学校潜入を決めたの。とはいえ、他国での隠密行動なんてたとえ遊びであったとしても許されないことでしょう？　それでシェリアナ様がお父君に許可を取って……おまけにこんなホテルや変身魔法が使える監視役《付き人》まで用意してくださったの」

唖然としてカロリーナの説明を聞いていたジェイミーは、やがてゆっくりと頭を抱え込んだ。

そしてそのまま話し出す。

「……ちょっと待って？　それってハイラント国王公認の隠密行動ってことだよね？　っていうか王家の全面協力っ？　……どうりでこんなことがまかり通っているわけだ……母さんも止められな

かったんだね」

　くぐもった声が耳に届く。

　カロリーナは自分と同じミルクティー色の髪のジェイミーの頭をそっと撫でた。

「ハイラントに来ているのに、挨拶もしなくてごめんねジェイミー。でも、言えば心配をかけると思って……」

「……強制送還されるのを恐れて僕に内緒で行動しようと思ってたんだろ」

　ぎくり。さすがは弟。勘が鋭い、というよりは姉の思考などお見通しなのだろう。

　でもカロリーナが頭を撫でるのにされるがままな様子を見ると、激怒しているわけではなさそうだ。呆れてはいるかもしれないけれど。

　カロリーナはジェイミーに言った。

「だって、真実を知るまでは帰れないと思ったの」

「一つだけ言っておくけど、殿下のアレは浮気じゃないよ」

　突然の核心を突いた言葉に、カロリーナは目を丸くして弟を凝視する。

「そ、それは見ていればわかるわ。でも、どうしてあんなに親しげなの？　まるで昔から知っているような……」

「ごめん。でも殿下とリズフィリスのことについて、僕からは何も話せないよ。というか話してあげたくても話せないんだ」

「やっぱり何かワケがあるのね。どうして話せないの？　せめて彼女がどこの誰かだけでも教えてほしいのだけど……」

「何も話せない。そういう魔法がかけられているんだ……誓約魔法ほど重くはないけれど、リズフィリスの正体に関わる事柄についてだけは話せないようにされている」

誓約魔法とは交わした約束や契約、協約などを絶対に反故《ほご》にできないようにする魔法のことである。

誓約魔法を結んだ者同士、両方に魔法が課せられて、違反した場合はその重さに準じた罰を受ける。多くの場合、舌や腕を焼かれたり両目の視力を奪われたりする痛罰だが、最も重い場合は命を奪われることもあるという。

だから簡単に誓約魔法を用《もち》いてはいけないと、魔力を持たない人間が通う初等学校でもそう教えられるほどに恐ろしい魔法なのだ。

その誓約魔法に近い魔法がジェイミーにかけられていると知り、カロリーナの顔色が一気に悪くなる。

「だ、大丈夫なのっ!?　そ、そんな恐ろしい魔法がジェイミーにかけられているなんてっ……！　ど、どうしましょうどうしたらいいのっ!?　どうやって解除すればいいのっ!?」

大切な弟を救いたい一心で必死になるカロリーナを宥めるように、ジェイミーが落ち着いた声色で言う。

「大丈夫だよ姉さん。リズフィリスについて話さなければ何も問題はないし、彼女が自分の世界に戻れば解放されるから」

「わかったわ！　ヒントなんていらないし何も聞かないっ！　だから死なないでジェイミーッ!!」

「いや死なないから、そんなに重いペナルティは食らわないよ。ただ半年間、ハゲになるらしいんだ……」

ジェイミーのその言葉を聞き、狼狽えてジタバタしていたカロリーナの動きが止まる。

「……ハゲ？」

「そう、ハゲ」

「頭髪よバイバイ……というヤツ？」

「そう、ソレ。ちなみに殿下もだからね」

「え」

「殿下もその魔法がかけられているから、本人に直接訊いても無駄だよ。ただ殿下を苦しめるだけだと思う。他ならぬ姉さんに何も言えないんだから。あ、あの側近のマーティンとかいう奴も僕と同じく秘密を知ってしまったから対象者だよ」

「あら……そう……そうなの……ちなみにそれって筆談もダメなの？」

「当然だよ。手話も読唇術もダメ。秘密を漏洩《ろうえい》するありとあらゆる方法が魔法の影響下にあるんだ。もちろんヒントになるような、連想できるようなことを伝えるのも禁じられている。……考えてみればほとんど誓約魔法と変わりないよね。用《もち》いられたのは特殊な魔法ではあるけど……」

「なるほど……」

それを聞き、なぜライオネルからの手紙が減ったのかわかったような気がした。

たとえ小さな事柄でも、うっかり手紙に書いた日にゃあとんでもないことになってしまうからだろう。

リズフィリスがあれだけライオネルにベッタリなのだ。

学校生活のほとんどがリズフィリスと言っても過言ではない状況で、迂闊《うかつ》に学校の様子なんて書けない。

だからといって、他のことばかり書いたのでは不自然だとライオネルは考えたのだろう。

手紙を書きたいのに書けない、そんなもどかしさをライオネルは感じていたのかもしれない。

そう思うと胸が締め付けられて、今すぐライオネルの元へと飛んでいって手紙なんて気にしなくていいと伝えたい。

だけどそれができないもどかしさをカロリーナも感じていた。

「……わかったわ。ジェイミーもライオネル様も何も言わなくていい。全部自分で調べればいいことだもの。他者が独自に調べて真実を知ることは違反にならないのでしょう？」

そうだ。知りたいのなら自分で調べればいいのだ。

活路を見出したカロリーナに、ジェイミーは眉尻を下げて言う。

「独自に調べるって……モルトダーンに戻ってこちらが解決するまで大人しく待ってる、という選択肢はないの？　全てが終わればなんでも話してあげられるよ？」

「それってどのくらい？　解決する期日はハッキリしているの？」

「……していない……全ては気まぐれリズフィリスの匙加減かな……」

ガックリと項垂れて、ジェイミーはそう返事をした。

その姿を見ながらカロリーナがぐっと拳を握りしめる。

「それならやっぱり自分で調べるわ。だってそれまでずっとモヤモヤし続けるのはイヤだもの！」

「頼むから無茶だけはしないでくれよ……？」

「任せておいて！　絶対にジェイミーとライオネル様の毛髪を脅かすようなことはしないから！」

「いやもう不安しかないんだけど……」

「やるべきことが決まったらお腹が空《す》いちゃったわ。ジェイミー、食事に付き合ってくれる？」

心配する弟を他所《よそ》にカロリーナは無邪気にそう尋ねる。

対するジェイミーは何を言っても無駄だと悟り、深くため息をついて答えた。

「はぁ……もちろんお供しますよ。でも高級ホテルのレストランじゃ落ち着かないな」

「ふふ。そうよね。実は私もなの。だってお腹いっぱいは食べられないじゃない？　だからいつも比較的お安いレストランに行ってるの」

「確かに高級ホテルのレストランで姉さんがお腹いっぱいになろうと思ったら、我が家は破産してしまうよね」

「本当に！　請求書を見たお父様の方がハゲてしまうわ」

「あはは！　違いない」

姉弟はそんな軽口を言い合いながら、近くのレストランに向かうべく部屋を後にした。

もちろん、また熟女用務員になるようにジェイミーに変身魔法をかけてもらって。

◆何かがおかしい

魔法学校への潜入の目的が、ライオネルの観察からリズフィリスの正体を突き止めることへとシフトチェンジしたカロリーナは、まずはリズフィリスなる女子生徒が如何《いか》なる人物なのかを調べた。

熟女用務員として生徒や教員と世間話をする体《てい》で、さり気なくリズフィリスについて尋ねてみる。

珍しいピンクブロンドに愛らしい顔立ちの彼女のことだ、相当目立っているだろうと思い話題を振ってみると案の定、皆が口々にリズフィリスについて語った。

「あぁ、あの元気な女子生徒ね」

「交換留学生のモルトダーン第二王子の現地妻か」

「なぜか語尾に『☆』を感じる不思議ちゃん」

「王子の結婚前の束の間の遊び相手」

「たとえ婚姻前でも婚約者の令嬢が哀れ」

「あんなに可愛い子に懐かれたんじゃ、そら男は誰だって堕ちる」

「学校でイチャコラする奴、自爆しろ」

などと、やはりライオネルの現地妻、というか期間限定の恋人という認識が校内にはあるようだ。

真実はそうではないとぼんやりわかっていても、やはりそんな話を聞かされてはカロリーナはモヤモヤしてしまう。

次にライオネルとリズフィリスの関係はいつからかと尋ねてみれば……

「ん？　そういえばいつからだ？」

「なんか気が付けば校内で見かけるようになった」

「そういえば、いつの間にか彼女の姿を見かけるようになっていたわ」

「アレ？　彼女って、何年生でクラスはどこだっけ？」

「入学式で姿を見ていない気がするし、見たような気もするし……」

「この前、彼女が落としたハンカチを拾ったんだけど、クラスがわからなくて返せないの。王子と一緒にいる姿しか見かけないし、王子が側にいると畏《おそ》れ多くてなんだか声をかけづらくって……ねぇ用務員さん、代わりに返しておいてくれませんか？」

などと皆が曖昧《あいまい》な答えを口にした。

まるでリズフィリスが突然現れたかのようだ。でも不思議に思いつつも、誰もがそれを当然のこととして受け入れているという奇妙な感覚がしたのだった。

（う～ん？　何かしら？　皆さんのこの反応は……）

カロリーナは首を傾げながらも、最後に話を聞いた生徒のお願いを聞き届けるべく職員室へと向かった。

在籍する生徒の名簿を管理する教員にリズフィリスの学年とクラスを尋ねる。

その教員は長い産休と育休を終えて職場復帰したばかりの若い女性教員だった。

教員がカロリーナの用向きを聞き、戸棚から取り出した在籍名簿を確認する。

まずは一年生の名簿をパラパラ……ないらしい。では二年生だろうと二年の生徒の名簿をパラパラ……

「おかしいわね、名前がないわ」

「え？　そんなはずは……」

「そのリズフィリスさんという女子生徒のファミリーネームは？」

「……すみません、存じ上げてないんです」

「あらそうなの？　でもリズフィリスって変わったお名前ですものね、それだけで見つけられるはずなんだけど……」

女性教員はそう言いながら、また一年と二年の名簿に目を通した。

パラパラ、パラパラ……

「やっぱりないわ。本当に我が校の生徒のものなの？」

「え、そ、そのはずですが……ピンクブロンドの髪が印象的な……」

「おかしいわね……そんな珍しい髪色の生徒なら目立つはずよね？　三ヶ月前からなら私が復職するギリギリ前か……」

女性教員は訝《いぶか》しむ。そしてその後も何度名簿に連なる名を探しても、リズフィリスの名は見つけられなかった。

「もしかしたら編入生で、在籍名簿に記載する前に編入記録がどこかへ紛れ込んでしまったのかもしれない。こちらで探して調べておくから、また明日にでも来てくれない？」と女性教員に言われ、カロリーナはよろしくお願いしますと頷いて職員室を後にした。

そうして次の日、再び職員室を訪れたカロリーナに、女性教員は昨日とは打って変わった様子で告げる。

「あなたが返したいと言っていたハンカチは私が預かるわ」

「リズフィリスさんのクラスがわかったんですか？」

「まだわからないけど、なんかその生徒はずっと本校にいるはずなのよ。昨日はきっと思い違いをしていたのね」

「そんな無茶苦茶な……」

「とにかく、そのハンカチをこちらに渡してちょうだい」

女性教員はそう言ってカロリーナからハンカチを奪い取ってしまう。

その有無を言わさない態度にカロリーナはたじろぐ。そしてそのまま、あれよあれよと職員室を追い出されてしまったのだった。

奇妙な、あまりにも昨日と違う雰囲気にカロリーナは首を傾げることしかできなかった。

何かおかしい、というか違和感しかない。

皆が語るリズフィリスも。彼女の存在自体も。

こうなったらもう敵を知るには敵をよく見るしかないと、カロリーナはリズフィリスの言動を注視し始めた。

彼女が敵であってほしくはないと、そう思いながら。

というわけで、カロリーナは得意の隠密スキルを駆使してリズフィリスを物陰から監視する。

それにしても面白いくらいに彼女の姿はライオネルの側でしか見かけない。

二人が移動すればカロリーナは木々を伝い、天井裏を這い、茂みの間をくぐり抜けて追尾する。

（はぁ……キツい。痩せるわぁ）

消費したカロリー以上に食べていることを忘れて、心の中でそうつぶやいたりしつつ。

「ネルネルぅ、もういい加減ワタシのコトをリズたんって呼んでくれてもいいのよぅ？」

「断る」

「なんでぇ？　遠慮なんていらないのよ？」

「遠慮などしていない。俺が愛称で呼びたいと思うのはこの世でただ一人、愛する婚約者だけだ」

「も〜そんなお堅いコト言ってぇ〜！　ネルネルとワタシの仲じゃない☆」

「どんな仲だっ、誤解を招くようなことを言うな」

「どんな仲ってぇ……フフ、そりゃ〜一緒にダイヤモンド流星群を見た仲？」

「また古い話を……」

二人の今のやり取りを聞いて一つわかったことがある。

数十年に一度見ることができるというダイヤモンド流星群は、確かカロリーナが六歳、ライオネルが七歳のとき、二人の婚約が結ばれる前に訪れた。

当時ライオネルは、そのダイヤモンド流星群を夏の離宮で見たと話してくれたことがあったのだ。

その離宮で二人が共に流星群を見たのだとしたら、ライオネルとリズフィリスは十年以上前からの付き合いということになる。

それならあの気安さは頷ける。頷けるが、カロリーナは一度だってライオネルからリズフィリスの話を聞いたことがない。

ダイヤモンド流星群を見たという話はしてくれても、誰と見たかまでは話してくれなかったのだ。

そう思うとなんだか複雑な気持ちになる。

ライオネルはリズフィリスの存在をカロリーナには知られたくなかったのだろうか。

だとしたらそれはなぜ？　意図的に話さなかったのか、話せなかったのか。

それは彼らの言動を観察したり、校内の人間に話を聞いたりするだけでは決してわからない。

魔法学校《こ》《こ》にはそれを調べて判断するだけのソースが少なすぎる。

スッキリしないモヤモヤを抱えているせいか、心なしかいつもよりお腹が空《す》かない。

「……今日のランチはA定食とB定食だけにしておきましょ……」

そうひとり言《ご》ちてランチタイムと時間をずらし、校内のカフェで昼食をとるカロリーナの前に、弟のジェイミーが現れた。

カロリーナの向かいに座り、自分で運んできたコーヒーを無言で飲み出す。

「……ジェイミー……？」

小声で呼びかけると、ジェイミーはコーヒーのカップを手に取りながらポツリとつぶやく。まるでひとり言を聞かせるように。

「殿下は……憑《つ》きまとわれているよね、アレは……」

「え？」

「付きまといではなく、憑きまといだな……」

と、ジェイミーはそれだけ言い残して去っていった。

ポツンと後に残されたカロリーナはその後ろ姿を唖然として見送る。

「ん？　憑《つ》きまとい？　……どういうことかしら……？」

カロリーナにはさっぱり意味がわからない。

だけどジェイミーは意味のないことをわざわざ口にしたりしない。

ましてや魔法で言葉を制限されている中でなら尚更だ。

それでも敢えてつぶやいたあの言葉。

〝憑《つ》きまとい〟

（憑《つ》き、憑《つ》く、憑依する……もしくは依代《よりしろ》……？）

これはもう、訊くしかない。

遠く離れた土地にいる、ライオネルをよく知る人物に。

きっとそこにいる人なら魔法の影響下からは外れているはずだから。

カロリーナはAとB、それぞれの定食を完食した後に本日のスペシャルデザート〝ジャンボオレンジショコラパフェ〟をペロリと平らげて、手紙を書くためにホテルへと戻っていった。

◆カロリーナ、会いにいく

カロリーナはライオネルの母である王妃に、手紙でライオネルの過去について尋ねてみた。

なんとなくライオネルが魔力を失ったことと今の状況が関係しているような気がして、色々と気になることを質問形式にして認《したた》めたのだ。

その返事を待つ間も、カロリーナはリズフィリスとライオネルの様子を人知れず監視していた。

「ネルネルぅ～元気出しなよぉ。ちょっと忘れてるだけなんじゃない？　それか面倒くさいだけかもよ？」

「うるさい……誰のせいだと思ってる……」

「え～？　ワタシのせい？　なんでぇ？」

「お前のせいで書くことが制限されて泣く泣く手紙を出す回数を減らしたんだぞっ！　それでも向こうは変わらず手紙をくれていたんだっ……それなのにっ……」

「よしよし。フラれちゃったんだね☆」

「違うっ!!　断っっじて違う!!　そんなはずはないっ!!」

ここ数日のライオネルはなんだか浮かない表情をして、時々塞ぎ込んでいる。

そして今みたいにリズフィリスと一方的に言い合いになる姿を頻繁に目撃するようになった。

（どうしたのかしら？　何か問題でも起きたの？）

酷く落ち込んでいるライオネルを見ると心配になる。

はらはらと陰で見守るしかできないカロリーナだったが、その後にジェイミーに告げられた言葉でその理由がわかった。

「姉さんからの手紙が来なくなって、殿下が落ち込んでるよ」

「あ」

ハイラントに乗り込み、直にライオネルを見ていたから失念していた。

そうだ。回数が減ったとはいえ、ライオネルと手紙のやり取りをしていたのだ。

モルトダーンへ送られたカロリーナへの手紙は、ハイラントにいるカロリーナは当然受け取れない。

久しくライオネルからの手紙を読んでいなかったためにすっかり忘れてしまっていた。

きっと今頃、実家のカロリーナの部屋にはライオネルからの手紙が何通か、未開封のまま机に置かれているだろう。

読んでいないものに当然返事は書けない。

なので、手紙のやり取りが途絶えた形となっているわけなのだが……

ライオネルにしてみれば突然カロリーナと音信不通になってしまったと考えても仕方ないだろう。

（……どうしましょう）

問題が解決するまでこのまま放置か。でもそんなことをしたらライオネルにしてみれば堪《たま》ったものではないだろう。

当たり障りのないことを書いて一度実家に送り、そして改めてモルトダーンからハイラントのライオネルに宛てて出してもらおうか……

そう考えていると、リズフィリスがライオネルの頭を撫でているのが目に飛び込んできた。

「よしよし。かわいそうなネル。リズたんが頭をナデナデしてあげまちゅからね☆」

「いらんわ触るなっ」

「またまたぁ！　嬉しいくせに！」

「嬉しいわけあるかっ」

ライオネルが手を払いのけても、リズフィリスは意に介した様子もなく、嬉しそうにさらにライオネルの頭を撫で回した。

傍《はた》から見れば完全に恋人同士のイチャつきにしか見えない。

「………………」

カロリーナは目を眇《すが》めてそれを睨《ね》めつけながら、手紙は放置でいいなと思った。

自分はこうやってモヤモヤさせられているんだ。ライオネルだって少しはモヤればいい。

「カロリーナぁ……」

ライオネルの泣き言が耳に届いた。

ちくんと胸の痛みを感じたが、ライオネルの口から自分の名が出たことが少しだけ嬉しかった。

◇

王妃へ手紙を書いて一週間。

待ちに待った返信が高級ホテルの部屋に届いた。

王妃からの手紙にはカロリーナが知りたかった内容の答えが記されていた。

やはり誓約魔法の影響力はモルトダーンまでは届いていないようだ。

カロリーナが王妃に尋ねたのは三つの事柄だ。

一つはなぜライオネルが魔力を失ったのか。

それから幼いライオネルが離宮にてダイヤモンド流星群を見た際に何か起こらなかったか。

そして、リズフィリスという人物を知っているか。

カロリーナが質問したそれら全ての答えが手紙《そこ》にはあった。

それを読み、手紙に添えられていた王妃の私見と照らし合わせて、カロリーナにある推測が生まれた。

ただ、なぜ今頃になってそんな状態になったのかは何度考えてもわからない。

自分の推測が正しいのかもわからない。

ライオネルやジェイミーに尋ねるわけにもいかない今、カロリーナがその答えを得られる方法はただ一つ。

真実を話すことができる人物から直接訊く。それしかない。

おそらく、彼女なら話すことができるのだろう。

そう、リズフィリスなら。

彼女は一体何者なのか。

彼女がなぜここにいるのか。

彼女がなぜ……ライオネルに会いに来たのか。

それらの答えを、カロリーナはリズフィリス本人に尋ねてみたいと思ったのだ。

だけど、リズフィリスはいつもライオネルと共にいる。リズフィリスと話をするなら漏《も》れなくライオネルもセットで付いてくるだろう。

まぁ別にそれならそれで構わないのだが、リズフィリスに質問する前にライオネルから色々と質問攻めに遭うだろうと思うと面倒に感じてしまう。

ライオネルとの再会は白黒ハッキリさせた上での方がいいとカロリーナは考えていた。

さてどうしたものか……

なんとかリズフィリスが一人でいるタイミングを見つけて声をかけたい。

そのタイミングを見つけるべく、カロリーナは陰から様子を窺い続けた。

が、なかなかそのタイミングが訪れない。

そしてライオネルの機嫌が日に日に悪くなっていくような気がする。

常に温厚で分け隔《へだ》てなく、様々な人間に声をかけていた彼が常にピリピリとした空気をまとい、他者を寄せ付けない。

いつものリズフィリスとの軽口の叩き合いもなんだか刺々《とげとげ》しくなっていた。

「おい、俺にくっ付くなと何度言えばわかるんだ……」

「え～っ、だってネルにくっ付くと気持ちいいんだもん☆」

「俺は気持ち悪い」

「え～ひどーい！　ピリピリしちゃって感じ悪ーい！　昔は良い子だったのにぃ」

「そうか。幻滅したならもう自分の世界へ帰れ」

「やーだー！　ネルネルったら怖い～☆　いつもの王子様然としたネルネルはどこに行っちゃったのぉ～？」

「鬱陶《うっとう》しいお前がとっとと帰ってくれれば、俺はすぐにでも自国に飛んで帰れるんだっ……ていうか今すぐ帰りたい……」

「プププ☆　愛しの婚約者ちゃんからお手紙が届かなくなったからって、留学そっちのけで帰っちゃうの～？　……でも別に帰る必要ないかもよ～？」

「お前、ホントうるさいよ……」

ライオネルは力なくそう言い捨て、リズフィリスを残し一人で歩き去っていく。

いつも言葉少なに側にいるマーティンがその場に残されたリズフィリスに言った。

「殿下の機嫌を直したいのであれば、せめて婚約者であるカロリーナ様にだけは秘密を打ち明けられるように認めたらいかがですか？」

「え～？　うーん、どーしよっかなぁ～？」

指を口元に当て考える素振りを見せるリズフィリスに、マーティンは嘆息する。

「このままでは、殿下は毛髪と引き換えにしてでもモルトダーンに戻られるかもしれません」

「アハハ☆　それはそれで面白そう！」

「……」

マーティンは黙ったままやれやれと首を横に振り、ライオネルの後を追った。

リズフィリスはその背中を見送りながら笑みを浮かべて言う。

「だってわざわざ帰らなくても？　向こうから来てくれるのに☆」

そのとき、リズフィリスの背後で音もなく木から下り立つ人影があった。

高い木の上から飛び下りたにもかかわらず、接地した瞬間の足音は僅かなものだ。

そして見た目と反した身のこなしには目を見張るものがあった。

それら全てを背中越しに感知し、リズフィリスは満面の笑みを浮かべて振り返る。

「こんにちは！　はじめまして、でいいのかな？　ネルネルのお姫様☆」

振り返ると同時にそう告げられたカロリーナは、目を丸くしてリズフィリスに言った。

「まぁ、私のことを知っているのね」

「もちろん。ず〜っとワタシとネルのことを見てたでしょ？　アナタすごいのね！　貴族のご令嬢なのに気配が全くしないの！　まぁそれでも一応、ネルには認識できないようにワタシも目くらましの術をかけていたけどね☆　それで？　ワタシに何か話があるんでしょ？　ワタシが一人になるのを狙ってたもんね！」

どうやら何もかもお見通しだったらしい。

でもカロリーナは特に驚きはしなかった。

なんとなくそんな気がしていたから。

そしてリズフィリスはカロリーナと話をするためにわざわざ一人になってくれたのだろう。

カロリーナはすぅっと、大きく深呼吸をしてリズフィリスに言った。

「だって、ライオネル様もジェイミーも話せないのならあなたに直接お訊きするしかないでしょう？　リズフィリスさん」

◆リズフィリスの秘密

「ねぇ、その様子じゃさ、なんとなくだけどワタシとライオネルのこともわかってるんでしょ？」

突然目の前に姿を現したカロリーナにリズフィリスは好奇心をむき出しにして尋ねてきた。

カロリーナは軽く肩を竦《すく》めて返事をする。

「うーん……王妃様にお手紙で幼少の頃のライオネル様のことを教えていただいて……それで、もしかして？　と立てた推測はあるわ」

「もしかして？　って思い至れるだけすごいわ！　普通はまず常識が邪魔をするわよ☆」

「そうかしら？」

「そうよそうよぅ♪　それで？　……えっとカロリーちゃんだっけ？　じゃあカロリーちゃん、ワタシが何者なのか言ってみて！」

ワクワク♪　という文字がその頭上に見える錯覚を起こしそうなほど、彼女は期待に満ちた目をしていた。

カロリーナは小さく息を吸い、そして意を決してリズフィリスに言う。

「あなたは……精霊さん……？　それも、かなり上位の……？」

その途端、リズフィリスはカロリーナに抱きついてきた。

「正解っ～!!」

「わっ」

「すごいすごい！　どうしてわかったのっ？」

抱きつかれながら体を揺さぶられながらもカロリーナは答えた。

「えっと……昔、強い魔力を持っていたライオネル様が夏の離宮に保管されている精霊石《せいれいせき》に触れて、上位精霊を呼び出したと王妃様のお手紙に書いてあって。その前にライオネル様とあなたの会話でダイヤモンド流星群を一緒に見た仲だと話していたのを聞いたから……ずっと以前に、ライオネル様が夏の離宮でダイヤモンド流星群を見たことがあると言っていたの。その後の火事で夏の離宮は焼失したでしょう？　だからライオネル様はそれ以降に夏の離宮を訪れることはなかった。だからきっとライオネル様に呼び出されたのはリズフィリスさんで、あなたがその上位の精霊なんだろうなぁと。ライオネル様の側にしかあなたが存在しないのも不思議だなぁと思っていたの。誰も、あなたの学年もクラスも、あなたがどこの誰なのかも知らなかったから……」

カロリーナが一気にそこまで話すと、リズフィリスはさらに嬉しそうにぎゅっと抱きついてきた。

「だいたい正解〜!!」

「だ、だいたい？」

「そ☆　だいたい！」

「だいたい正解、やりましたわ！」

「アハハ☆　だいたいで嬉しいの？」

「だって正解は正解ですもの」

「ポジティブ！　アハハ☆」

その後リズフィリスは「誰にもジャマされないところに行こ☆」と言って、カロリーナを連れて転移魔法で移動した。

転移の瞬間、どこかへと体が引き寄せられる感じがした。

目の前が霞《かす》んだように視界が不明瞭になり、次に足が接地したのはさっきまでとは全く違う場所であった。

「これが転移魔法……！」

初めて体感したそれに、カロリーナは感動した。

弟のジェイミーが見ている世界を、ほんの少し垣間見《かいまみ》ることができたような気がした。

リズフィリスと移動した場所、そこは自然に囲まれた静かな湖畔で……湖に寄り添うように、石組みの部分だけが残った建物が佇んでいた。

「ここは……」

建物を見てカロリーナがつぶやくと、リズフィリスは軽く頷いた。

「そう。夏の離宮だよ。焼けちゃって今ではこんな姿だけど☆」

「美しい館だったと聞いたことがあるわ……」

「うん。星を見るのに適した場所だった。空気が澄んでいて星空が綺麗に見えるし、湖に鏡のように夜空が映るんだ。ホントに綺麗だったよ……！」

懐かしそうに目を細めて離宮と湖を見るリズフィリス。

カロリーナはそんなリズフィリスに尋ねた。

「だいたい正解って言っていたけど、それはどういう意味？」

「それを聞いちゃったらさ、カロリーちゃんも〝約束〟することになっちゃうけどいいの？」

約束、という言葉にカロリーナはすぐにライオネルやジェイミーに課せられた誓約魔法に似た魔法のことだと気付いた。

「構わないわ。だって真実を知りたくてあなたに会いに来たんだもの。大切な秘密をベラベラと他の人に話すつもりもないし」

カロリーナのその返事にリズフィリスはしたり顔で頷く。

「すごいわカロリーちゃん！　あなたは大物ね☆　ネルなんて『せめてカロリーナにだけは話させてくれ～』なんて泣き言を言ったのよ？　子供のときにすでに〝約束〟は交わされているのにね☆」

「ライオネル様が……」

せめて自分には打ち明けたいと思ってくれたことに、モヤモヤの霧《きり》が晴れていく気がした。

カロリーナのその心情が伝わっているのか、リズフィリスは語り出した。

「じゃあ聞いてくれる？　精霊のワタシがどうしてこちらの世界に来たのかを」

と、最初に言い置いて。

カロリーナはこくんと頷いた。

◇

事の発端はリズフィリスの父である精霊王デューフィリュスが人間界に……

「ちょっ、ちょっと待って？　今、なんて言ったの？　精霊王……？」

「あら？　カロリーちゃん、精霊王って知らない？　精霊界も？」

話の初《しょ》っ端《ぱな》から聞き捨てならない単語が飛び出して思わず遮《さえぎ》ってしまったカロリーナに、リズフィリスは不思議そうな表情を浮かべて訊いた。

カロリーナはぶんぶんと首を横に振った。

「魔力がなくて一般教養しか身につけていない私でも知ってるわ！　精霊界も精霊王も！　精霊界は私たちが住む世界とは別のフェーズに存在する精霊たちの世界で、この世界に生きる精霊たちの故郷よね？」

「そうそう☆　この世界にいる精霊たちは自然界の秩序を維持するために、この世界の神に請われて株分けした精霊たちの子孫なの。みんな元は精霊界の精霊たちよ」

「その精霊界の王様が……？」

「そ☆　ワタシのパパなの」

改めて確認してもやはりその事実に間違いはないようだ。

カロリーナは唖然としてリズフィリスを見る。

「精霊王の娘……もしかして……いえ、もしかしなくても、リズフィリス様ってお姫様なの？」

カロリーナがそう尋ねると、リズフィリスはあっけらかんとして答える。

「まぁそうなるわね☆」

「ひ、ひぇ〜っ……」

精霊王といえば精霊界の長《おさ》、その名の通り王である。

そしてリズフィリスは精霊界のお姫様だったのだ。

彼女の出自というか身分を知り、カロリーナは驚愕する。

驚きすぎて大きく見開いた目が元に戻らないカロリーナの顔の前で、リズフィリスは手を振った。

「おーい？　カロリーちゃん？　続きを話してもいいかなー？」

「はっ……し、失礼しました、ど、どうぞっ……」

「ぷ☆　じゃあいくわね」

事の発端はリズフィリスの父である精霊王デューフィリュスが人間界に諸用で赴いたときに、ダイヤモンド流星群がやって来ると聞いたことであった。

数十年に一度の周期で見られるというダイヤモンド流星群。

人間が住まう世界とは似て非なる自然界の理《ことわり》にある精霊界に宇宙というものは存在しない。

リズフィリスは父王からまずは星空、そしてその星空を滑るように流れる流星があることを聞かされて、実際にそれが見たくて堪《たま》らなくなった。

だけど当時のリズフィリスでは、フェーズを超えて単身人間界へ渡ることなどまだできなかったのだ。

ダイヤモンド流星群を見られる夜が訪れる前に人間界に行きたい。

しかし父はリズフィリスだけを人間界へ連れていく気はないと言った。

だってそんなことをすればリズフィリス以外の息子や娘たち皆も人間界へ連れていかねばならなくなるからだ。

王とはいえ、精霊である父は気まぐれで面倒くさがり。

ましてや人間界へ行って帰ってきたばかりで、当分向こうに渡る気はないらしい。

なので、リズフィリスは父を当てにせず、自らの力で人間界へ行く方法を模索していた。

その結果、人間界にある精霊石……人間界の精霊の力の結晶と精霊界の精霊石を媒介にするのであれば、二つの石の間を通って向こうへ行けることがわかった。

精霊石とは魔力とは異なる精霊の力を結晶化したものである。

石が放つ精霊力の波長が二つのフェーズを繋ぐのだとか。

まぁ方法はわかった。だけどそれを行えるだけの精霊力がリズフィリスにはまだない。

せめて人間界《向こう》で魔力を持つ者が精霊石の側に触れてくれたら……

そうすれば、その相手の魔力と自分の精霊力を繋げてフェーズを超えられるのだ。

リズフィリスは精霊石を握りしめ、どちらの方向にあるとも知らぬフェーズに向かってヤケクソで声をかけた。

「おーい！　誰かぁ〜！　ワタシを人間界に連れてってぇ☆」

するとそのとき、まさに奇跡が起きた。

とある方向から強い魔力を感じたのだ。魔力と、そして自分の世界のものとはほんの少しだけ異なる精霊力。

「これは……！　もしかしてっ……！」

そう思ったときにはリズフィリスは後先考えずに、感じた力の方向に飛び込んでいた。

◆フェーズを超えて

リズフィリスが飛び込んだその先は、やはり人間界であった。

二つの世界の精霊石を媒介にして、リズフィリスはフェーズを超えたのだ。

そして「えいや！」と飛び込んだ先の世界にいたのが、幼いライオネル王子その人であったという。

「ネルは流星群が訪れる時期に合わせて、家族で夏の離宮に避暑に来てたんだって。そのときに離宮に保管してある王家所有の精霊石を見つけて興味本位で触れてみたら、ワタシが現れて驚いていたわ！　ぷっ、あのときの間抜けなネルの顔をカロリーちゃんにも見せてあげたかったなぁ～☆」

いや、ライオネルは見られたくないだろう。

「ネルだけじゃなかったわね、ネルのパパもママもお兄ちゃんもみんな驚いてたわ☆　あはははっ」

そのときの様子も思い出したリズフィリスがケラケラと笑った。

「そりゃあ……突然見知らぬ女の子が現れたのでは、王家の皆様も驚かれたことでしょう……」

セキュリティはどうなってるんだという以前に、この場合はさすがの近衛も防げない。

外部からの魔法の干渉は防げても、離宮の中……それも別の世界からの力の干渉はかなりの高位魔術師でもなければ防げないだろう。

当時の離宮全体がパニックに陥《おちい》ったことは容易に想像できる。

胸の内で心中お察しします、とつぶやいたカロリーナにリズフィリスが返した。

「そうだったみたい。そしてワタシの素性を知ってさらにみんなビックリ仰天！　って感じだったわ！」

「それはそうでしょうね」

リズフィリスが精霊王の娘だと知って、カロリーナだって本当に驚いた。

「でもあの王家の人たちって大らかよね。事情を話したら離宮への滞在を許してくれたの！　ダイヤモンド流星群が来るまでの一ヶ月間、ワタシはネルたちと暮らしたのよ。……そこのところは、王妃サマは何も書いてなかったの？」

「ええ。突然精霊が離宮に現れたとは簡単に書いてあったけど、それがリズフィリス様とか、あなたが人間界に来た理由とかまでは書いてなかったわ」

「そう。昔の約束の効力はもう失効しているけど、ある程度律儀に守っていたのね☆」

リズフィリスのその言葉にカロリーナが反応した。

「そもそもなぜ、そんな誓約魔法に似た約束を交わさなくてはいけないの？」

「ん？　だって考えてみて？　精霊界の王族がフェーズを超えてやって来るなんて話が広まったら面倒くさいじゃない？　悪事に利用する奴も出てくるかもしれないし。まぁワタシはどうでもいいんだけどね？　なんか勝手にそんな決まりになってて、なんか発動するみたい☆」

「なるほど……」

確かに人間界であったとしても、王族の個人的な情報は伏せられる。セキュリティや王家の権威的な問題の面から。

それにしても「なんか発動」と軽く言ってくれるけれど、約束を破ると半年間ハゲになるなんて何気に恐ろしいと思うのだが。

……だけど本来ならもっと重い罰が課せられるのかもしれない……とカロリーナは思った。

「それから、ダイヤモンド流星群がやって来るまでワタシはワタシをこっちに引き寄せてくれたネルと仲良く楽しく過ごしたワケ。フフ♪　ネルは昔から揶揄《からか》い甲斐《がい》があって、ネルで遊ぶのは楽しかったなぁ」

「あら、じゃあ昔からあんな調子なのね……」

なるほど。以前散々リズフィリスに遊ばれた記憶がある上に、大きくなった今でも変わらず遊ばれてしまうなら、ライオネルが警戒心を露わにして喧嘩腰になるのも頷ける。

ライオネルが王子としての体裁を取り繕うのを忘れるほどの二人の無遠慮な気安さは、子供の頃のそういう経緯から来ているのだとカロリーナは理解した。

そしてモヤモヤがまた一つ晴れてゆく……

「ダイヤモンド流星群は本当に綺麗だった！　あれを見るためなら何度でもフェーズを超えたいと心から思えたわ……！」

「私も幼い頃に父方の祖母の別荘で見ました。本当に沢山の星が次々と流れて、あれは一度見たら忘れられないですよね」

「そうよね～！　次は九十年後ですって？　あ、あれから十年ほど経ったから八十年後？　そのときにまた絶対に見に来るわ！」

そうだ。精霊の寿命は人間の感覚からすれば不老不死に近いほど長いのであった。

「ふふ。当時のリズフィリス様はそう思ったのね」

「そうなの！　そうして流れる星々を堪能《たんのう》して良い思い出を抱えて帰ろうと思ったのよ。精霊王《パパ》に黙って来ちゃったからそろそろ帰らないと怒れると思って☆　……でもね」

「え？　でもね？」

リズフィリスの声のトーンと表情から、その後に続く内容が良いものではないとわかり、カロリーナも思わず声のトーンを下げて話の続きを促す。

「当時のワタシってば……帰りのことを何も考えずにこっちに来ちゃったのよね～！　アハハ☆」

「帰り道がわからなくて帰れなくなってしまったのですね」

「ううん。帰り道はわかるのよ。だって来たときみたいに精霊界《あっち》の石を目印にして帰ればいいんだから。問題はね、……ワタシの精霊力を人間界に来るときに使いすぎちゃったってことなのよ」

「精霊力を……でもそれは時間が経てば回復するのでは？」

「うん、普通はね？　でも人間界って精霊力の源になるエレメントが少ないのよね☆　だからなかなか回復しなくって」

「まぁ、ますます大変」

「でしょでしょ？　だからね、借りたの」

「借りた？　何を？」

リズフィリスはウィンクをしながら舌を出した。

「ネルネルの魔力をゴッソリと！　テヘッ☆」

「え」

今のリズフィリスの話で、カロリーナの中にずっとあった疑問の点と点が繋がる。

「借りたってまさか……」

カロリーナが恐る恐る口を開くと、リズフィリスは元気良くそれに答えた。

「そうでーす！　ネルネルの魔力を借りて、精霊界に帰りましたぁ〜!!　キャハッごめーん！」

「そ、それでライオネル様は魔力のほとんどを失ったのですね……」

「そうなの。あくまでもいずれ返すつもりだったから、自然な魔力回復ができないほどゴッソリ借りちゃった☆　あ、でも代わりにワタシの寿命を少し渡しておいたから、低魔力障害になることもなく、ネルネルは今も元気に暮らしてるでしょ？」

そこまで話を聞き、カロリーナは呆れ果てて何も言えなくなってしまう。

な、なんと自分本位で軽すぎる思考だ。

でも精霊とは本来、悪戯《いたずら》好きで無意識に残酷で、悪意のない悪事をしでかす存在だと聞いたことがある。

善と悪の境界線が曖昧《あいまい》で、人間の倫理とは異なる価値観や、我々人間には到底考えも及ばない思考を持つ上位生命体だと。

カロリーナからすれば理解し難いとんでもないことだと思うが、それを精霊《リズフィリス》に延々と説いたところで無駄なのだろう。

出会った頃から明るく穏やかで優しいライオネルの過去の一部を知り、カロリーナは少し切なくなる。

ライオネルに、彼に会いたいな、と心から思った。

そんなカロリーナにリズフィリスは言う。

「今回人間界《こっち》に来たのはね、その借りていた魔力を返すためなんだ！」

「え、返す……魔力を？　なぜ今になって？」

「だって、人間ってすぐに大人になって歳を取って死んじゃうじゃない？　ワタシ、ウッカリしちゃってそれを忘れてたのよ。ライオネルがもう大きくなってて、そのうちにすぐに歳を取って死んじゃうって。精霊《ワタシたち》にしてみれば、十年なんて一瞬だからね。だから早いとこ魔力を返しておかないと、次に思い出したときにはネルネルはもうお墓の中ってこともあり得るでしょ？」

「でしょ？　って言われても……」

でもまぁ、そうなのだろう。

人間にしてみれば十年は長い。

だけど精霊界に住む精霊からしてみれば、ほんの数日間くらいの感覚なのかもしれない。

「ワタシも少しは成長して、今回はもう自分だけの力でフェーズを超えられるようになったからさ☆　ネルに魔力を返しがてら、また遊びに来たってワケなの。んでもって、どうせなら人間界の学生ってヤツになってみたいじゃない？　だから学校の人間の記憶を操作して、楽しい女学生ライフを味わっていたの！」

「はぁ……ソウナノデスネ……なるほど、それで皆、あなたの学年もクラスも知らなかったわけですね」

そもそも在籍していないのだから名簿に名前が記載されているわけがない。

名簿を管理する教員の様子が変だったのは、リズフィリスに記憶操作を受けたからだろう。

何を告げることもなくリズフィリスを見ると、その考えが筒抜けだったのか彼女はまたペロっと舌を出して笑った。

「……」

もういちいち驚かない。リズフィリスのすることに驚くだけ損だとカロリーナは思った。

記憶操作など、人間界の魔法に関わる法律、魔法律ではかなり重い罪に問われる。

だけど、精霊であるリズフィリスを人間界の法で裁くことはできない。

せいぜい、この人間界で最高位の魔術師との誉れ高い大賢者と呼ばれる人から、精霊王に抗議してもらうくらいである。

カロリーナは色々と浮上してくる問題を全てスルーして、リズフィリスに尋ねた。

「ではいつライオネル様に魔力を返すのですか？」

「えー！　カロリーちゃんまでそんなこと言うの～？　ネルに魔力を返しちゃったらもうここに用はなくなっちゃうじゃなーい。それで帰らなくちゃイケナイ空気になるじゃなーい！」

イヤイヤと駄々を捏《こ》ねるように首を振るリズフィリスを宥めるようにカロリーナは優しく言う。

「魔力を返した後も、リズフィリス様の気が済むまで人間界にいたらいいではありませんか？」

「いてもいいの～？　カロリーちゃん優しい～☆」

「ライオネル様だってきっと無理に追い返そうとはなさらないでしょう」

「えぇー……ネル《アイツ》はすると思うなぁ……ワタシがいたらカロリーちゃんのところに帰れないと思ってるから☆」

「実際はどうなんですか？」

「今までなら約束の影響下で帰れなかったかもしれないけど、もうカロリーちゃんも秘密を知ったから大丈夫なんじゃない？」

「ふふ、秘密仲間ですね」

そう言って笑うカロリーナにリズフィリスは蕩《とろ》けるような瞳を向ける。

「カロリーちゃんて、ホント素直で可愛いよね～！　人間としての器も大きいというか～☆」

「えぇ？　私がですか？」

「うん。ネルネルがメロメロになるのわかる」

「ふふ、ネルネルがメロメロ……ぷ、ふふふ！」

リズフィリスの言葉が面白くてころころと笑うカロリーナを見て、リズフィリスは意を決したように言う。

「よし決めた！　帰る前にネルに愛の試練を与えちゃおう☆」

「……え？」

今までの会話から、どうしてそんな考えに至ったのかカロリーナには到底理解できないが、リズフィリスの中では違うらしい。

彼女は自らの思いつきに目をキラキラと輝かせる。

「ネルが自力で無事にこの試練を乗り越えたら魔力を返して、ワタシも精霊界に帰るわ☆」

「え……」

「題して『ネルネルよ！　カロリーちゃんを探せ！　愛があればなんでもデキル!!』大作戦～☆

カロリーちゃん、協力してネ☆」

「…………え？」

試練？　なんの試練？　誰の試練？

軽い頭痛を感じた、カロリーナであった。

◆ゲームスタート！

「お願い！　最後に最高に楽しい思い出をチョウダイ！」

と、リズフィリスに懇願《こんがん》され、カロリーナはワケがわからないながらもその楽しい思い出とやらのために協力する羽目になってしまった。

（だって、最後のお願いなんて言われてしまったら聞かないわけにいかないわ……）

ということで、カロリーナは熟女用務員の変身魔法をリズフィリスに解かれ、彼女の指示で待機することになったのであった。

◇

魔法学校のランチタイム開始のチャイムが鳴る。

ライオネルは側近のマーティンと共に教室を出て校内のカフェへ向かおうとしていた。

そんなライオネルに、満面の笑みを浮かべたリズフィリスが声をかけてきた。

「ネェ〜ル♪」

リズフィリスの姿を見た途端に、ライオネルは眉間に深いシワを寄せる。

そして不機嫌を露わにした声でリズフィリスに言った。

「お前、学生の真似事を気取るなら授業にもちゃんと出ろよ……シレッとクラスに紛れ込むなんてお手のものだろ。いつもいつも、休憩時間やランチタイムにだけ現れやがって」

カロリーナからの手紙が途絶え、ライオネルの機嫌の悪さは今や最高潮を迎えつつあった。

このままではいつ爆発するかわからない。

毛髪と引き換えにモルトダーンに帰ってしまいそうだと、マーティンは内心ハラハラしていた。

ちなみに側近として常にライオネルの側にいるマーティンも、必然的に約束の管理下にある。

ライオネルが自暴自棄になり帰国する、それ即《すなわ》ちマーティンの毛髪も終了する……と同義であった。

だってライオネルが帰るならマーティンも帰らざるを得ないから。

マーティンはもはや風前の灯とも思われる自身の毛髪との別れを惜しむ日々を、ここ数日過ごしていたのだった。

そんなマーティンの胸の内を知る由もないリズフィリスが、のほほんとした様子で答える。

「やぁだぁネルネルってば！　ワタシがお勉強キライなのわかっててそんなコト言うなんてイヂワ

ルぅ～☆」

「ならお前もうホントに帰れよ……魔力なんて返さなくてもいいから」

心底ウンザリした様子で告げるライオネルに、リズフィリスは上機嫌で答えた。

「まぁまぁ！　言われなくてもね、もぅ帰るわよぉ」

「なにっ!?　本当かっ!?」

その言葉にライオネルはすぐに食いつき、後ろに控えるマーティンは突然差し込んだ光明に手を合わせた。

だけど次にリズフィリスが発した言葉に、ライオネルもマーティンも目の前にあるのは光明どころではなく暗雲がたちこめていることを察する。

「で・も・ね、帰る前に楽しい思い出が欲しいの♪」

「断る」

即座に拒絶するライオネルにリズフィリスは頬をぷくっと膨らませた。

「もぅ～！　まだなんにも言ってないのに聞く前から断るなんてヒドイ～！　ぷんぷん☆」

「そんなもの、聞かなくてもわかるわ。お前の欲しがる楽しい思い出なんてろくなものではないからな」

「その言い方ますますヒドイ～！　でもイイもんね☆　ネルネルの許可なんか最初からいらないもんねー！」

「……どういう意味だ」

警戒心マックスで尋ねるライオネルに対し、リズフィリスはドヤ顔で告げる。

「もうゲームは始まってるんだもーん☆」

「ゲーム？」

「そ☆　ゲーム♪　最後に必死になるネルを見せて？　そしてワタシを最高に楽しませて☆」

「は……？　お前、何を勝手にっ……」

「いいからいいから♪　ホラ、もう教室にはワタシたちしかいないわ。魔法学校の皆さんは強制的に、準備オーケーなんだから早く始めましょうよ！　ランチタイムは短いのよ☆」

リズフィリスはそう言って教室を出ようとライオネルの手をぐいぐい引っ張った。

「イヤだ！　断る！　俺は絶対にお前の言うゲームとやらなんかには参加しないぞ！　絶っっ対にろくなものではないとわかってるんだからなっ！」

ライオネルは必死になって抵抗するも、精霊であるリズフィリス本来の能力なのか、はたまた強化魔法でも用《もち》いているのかビクともしなかった。

ライオネルの手を強引に引きながらリズフィリスがしたり顔を見せる。

「そんなコトないと思うケドなぁ。ネルにとっても楽しいゲームだと思うケドなぁ〜」

そう言ってリズフィリスは勢い良く教室のドアを開いた。

すると廊下を行き交う生徒たちの姿がライオネルの目に飛び込んでくる。

「…………え？　…………は？」

驚き、たっぷりの間を空《あ》けて声を発するライオネルに、リズフィリスは得意気に告げた。

「ネ？　楽しいでしょ？」

「……おい、これは、どういうことだ」

目の前に広がる光景に唖然としながら、いつもより一層低くなった声色でライオネルがそう尋ねると、リズフィリスは「まだ驚くのは早いよ☆」と言って、ライオネルとマーティンを連れて転移魔法で移動した。

リズフィリスが転移したのは校内の広い中庭であった。

そこはカフェのある場所で、テラス席が並んでいる。

ランチタイムということもあり、中庭は沢山の生徒で溢《あふ》れていた。

その光景を見て、ライオネルはさらに困惑顔でリズフィリスに言う。

「おいっ……悪ふざけもいい加減に、大概にしろっ……？」

「え～☆　ふざけてなんていないも～ん！　ワタシだけ楽しい思い出を作るのは申し訳ないから、ネルも楽しませてあげようと思ったのにぃ」

「これのどこに俺が楽しめる要素があるんだっ!!」

そう声を荒らげてライオネルは中庭にいる生徒たちを見た。

ライオネルが怒るのも無理はないだろう。

だって先ほど見た廊下を歩く生徒たちも、目の前にいる中庭で過ごす生徒たちも、皆が皆カロリーナの姿をしているのだから。

「なんで全員カロリーナの姿をしてるんだよっ!!」

「だってネルネル嬉しいでしょ？　大好きなカロリーちゃんがいっぱいいて☆」

「嬉しいわけあるかっ!!　本物でなきゃ意味がないんだよっ!!　偽者が何人いようが無駄なんだよっ!!」

「ま〜☆　惚気《のろけ》ちゃってぇ♪　それなら大丈夫よ。だってさっき、ネルネルにとっても楽しめるコトだと言ったでしょう？」

「どういう意味だ？」

訝《いぶか》しみながらそう尋ねるライオネルにリズフィリスは上機嫌な様子で答えた。

「ぱぱぁ〜ん!!　この中に……というか学校内のどこかに、本物のカロリーちゃんがいまーす!!」

「……は？　なに？　え？　は？」

「ウフフ、ネルネルったら喜んでるぅ☆　ゲームはネルネルがカロリーちゃんを見つけるまで♪　本物を捕まえられた時点で終了〜！　ネルの勝ちでーす！　でも見つけられなかったらぁ」

「見つけられなかったら？」

「問答無用でハゲにしちゃいまぁす！」

「ヒッ」というマーティンの息を呑む声が後ろで響いた。

ライオネルはリズフィリスに問い質す。

「……嘘だろう？　カロが、カロリーナが魔法学校内にいる、のか……？」

「ウフフフフ〜☆　いるんだなこれがぁ。なんかねぇ？　ネルがワタシと浮気してるって情報がカロリーちゃんの耳に入ってぇ、それが事実か確かめるべくぅ、こっそりと魔法学校に潜入していたらしいわよ～！　キャハッ全然気付かなかったでしょ？　だってネルにはわからないようにワタシも認識阻害をかけていたからね～！」

悪びれる様子もなくそう答えたリズフィリスにライオネルは血相を変えて詰め寄る。

「は、はぁっ⁉　浮気っ⁉　だ、誰だっ⁉　そんなデタラメをカロの耳に吹き込んだのはっ‼　いや、学内で疑われて噂されているのは知っていたが、それもこれもリズフィリス《お前》が帰るときに全員の記憶を消していくって言うから我慢していたのにっ……！」

「なんかねぇ、ハイラントの王女サマが自国の学校の情報を仕入れて、それをカロリーちゃんに教えたらしいよ？」

こてんと小首を傾げるリズフィリスを尻目に、ライオネルは頭を抱えた。

「なんてことだっ……カロに誤解を与えていたなんてっ……そ、それで手紙が届かなくなったのかっ……？　いや、同じハイラントにいるからか？　えっ？　カロがずっと俺のことを見ていた……？」

ブツブツ言いながら顔色が青ざめていくライオネルを見て、リズフィリスは笑った。

「アハハ☆　見てた見てた、色々とバッチリ見てたみたい☆」

「……お前が女でなけりゃ一発……いや二、三発は殴っているぞ……」

「イヤン怖ぁい！　でもさ、ワタシを殴るよりも先に、カロリーちゃんを見つけて言い訳しまくった方がいいんじゃない？」

その言葉にハッとしたライオネルが辺りを見回した。

「そ、そうだカロがっ……カロリーナが校内にいるんだったっ……！　ど、どこだっ⁉　どこにいるっ⁉」

「それを探して見つけるのがゲームだよん☆　時間内にカロリーちゃんを見つけて捕まえることができたらネルの勝ち。捕まえられずにランチタイムが終了しちゃったらワタシの勝ち～☆　魔力はまだ返さずにもう少しこっちで遊んでいきまーす！」

「お前、帰る前の思い出作り☆　とか言っていたじゃないかっ‼」

「気が変わったのぉ～☆　でもいいの？　こんなことしてる間にどんどん時間が過ぎていくよ？」

「さっさと大切な用件を言わないからだろうがっ‼　マーティンッ、お前はそこのリズフィリス《バカ》の側にいて見張っていてくれ。俺はとにかくカロを探す‼」

マーティンもカロリーナが学校内に潜入していた事実に驚愕していたのだが、ライオネルに凄まじい剣幕でそうまくし立てられ、内心たじろぎながらも平静を装って答えた。

「……承知しました。しかし殿下、校内の人間が全てカロリーナ様化しているこの状況で如何《いか》にしてお探しになるつもりで？　せめて手分けして探した方がよいのでは……？」

そう言ったマーティンにリズフィリスが釘を刺す。

「あ～！　ダメだよ、それは！　ネルネルの一人の力で見つけて捕まえなくちゃゲームにならないでしょ？」

「しかしっ……」

ランチタイム終了まであまり時間がない中で、ライオネルだけでは無理だと思ったマーティンが尚も言い募ろうとするが、それをライオネルは片手を上げて制止した。

「ストップだ、マーティン。ゲームの発案者のリズフィリスがダメだと言うなら従うしかない」

「でもどうやってお探しに？　まさか一人一人に確かめていくわけにもいきますまい……」

心配するマーティンにライオネルはキッパリ告げる。

「それなら大丈夫だ。本物をひと目見たらすぐにわかる。俺がカロを見間違えるわけがない」

「ですが見分ける前に見つけられなければ……」

「心配するな。どこにいるのかわからないなら誘《おび》き寄せればいいんだ」

「誘き寄せる……？」

「誘き寄せるっ？」

怪訝な顔をするマーティンと、ワクワクと表情を輝かせるリズフィリス。

そんな二人に「とにかく俺は行くぞっ！」と宣言してライオネルは走り去っていく。

後ろから「じゃあゲームスタートということで！　ネル頑張ってね〜」という呑気《のんき》なリズフィリスの声が追いかけてきた。

◆校内全カロリーナ化

「な、なにこれ……一体どういうことなの……？」

リズフィリスから「校内を歩き回っていいわよ〜☆」という連絡が入り、カロリーナは言われるがままに身を隠していた備品室から出た。

そしてすぐさま視界に飛び込んできた光景に瞠目《どうもく》する。

どこを見ても自分、自分、自分。大量のカロリーナが校内にいるではないか。

「ど、どうして……？」

しかも不可解なことに、どのカロリーナもお互いの姿を見ても平然としていて、驚くどころか何も気にする様子がない。

「もしかしてみんなは私に見えていない……？」

自分の姿がカロリーナになっていることに気付かないのか、そう見えていないのか、皆はいつもと変わらない様子で談笑したり、ベンチに座って読書をしたり、カフェテリアでテイクアウトしたのであろうサンドイッチを食べたりしている。

だけどカロリーナにとっては右を向いてもカロリーナ、左を向いてもカロリーナ、窓に映る自分の姿ももちろんカロリーナ……と、どこを見てもカロリーナ《自分》の姿しか見えない状況に困惑するしかない。

「こ、これがリズフィリス様が言っていた最後のお楽しみ……？　『ネルネルよ……以下略』大作戦☆　なの……？」

この状況からリズフィリスが立てた作戦の内容がだいたいわかった。

ゲームの趣旨は、校内のカロリーナの大群からライオネルに本物を探させて、捕まえさせる……

というものなのだろう。

なんともまぁ、リズフィリスは最後の最後までライオネルで遊び倒すつもりらしい。

それにしても魔法学校には生徒や教師を含む職員を合わせて総勢千五百人ほどの人間がいるという……今、校内にその全てはいないとしても、それでも相当な数になるのは間違いない。

約千五百人のカロリーナの中からたった一人の本物のカロリーナを見つけ出すのは不可能だろう……

しかもライオネルはまだ魔力を返してもらっておらず、ほとんど何もない状態から自力で探させねばならないのだ。

ここは一つ、ライオネルに少しだけハンデを与えるべく、気付かれない程度に近くにいてあげようかとカロリーナは考えた。だが――

「これはゲームなんだからねカロリーちゃん、ネルネル可愛さにズルしちゃダメだよ？　それに協力するって言ってくれたのはカロリーちゃんなんだから、最後までちゃんと協力してね☆　いい？たとえネルが根性を見せてカロリーちゃんを見つけたとしても、絶対に捕まっちゃダメよ？　ランチタイム終了のチャイムが鳴るまでは全力で逃げてね！　お願いよ！」

と強く念を押されたこと、またその勢いに負けて頷いたことを思い出した。

リズフィリスからのお願いに頷いたのであれば、それは約束したのも同然。約束という言葉の重み、反故《ほご》にした場合のペナルティの恐ろしさを考えて、すぐにカロリーナはライオネルにハンデを与えることを諦めた。

でも、だからといって一箇所に留まっていても仕方ない。そう思ったカロリーナはぶらぶらと歩き出した。

するとそのとき、校内放送が辺りに響き渡る。

ピーンポーンパーンポーン♪

『本日のライチタイムのカフェメニューに変更が生じたため、一斉アナウンスをさせていただきます』

学校の各場所に設置されている音声魔道具《スピーカー》からカフェテリアの職員と思われる人物の声が聞こえてくる。

きっとこの声の主も今はカロリーナの姿をしているのだろう。

本物のカロリーナはそのアナウンスに耳を傾けた。

ランチメニュー変更のお知らせなら他人事ではない。

音声魔道具《スピーカー》の向こうのカロリーナが全校のカロリーナに告げる。

『本日のスペシャルランチをハイラントポークフライから、アズマビーフのミスジステーキへと変更することになりました。皆様お誘い合わせの上、校内カフェテリアまでお越しくださいませ。なお、スペシャルランチの数には限りがあり、先着百名様のみのご提供となります。予《あらかじ》めご了承ください』

ピーンポーンパーンポーン♪

プツリとアナウンスが切れ、静寂が訪れる。

カロリーナは先ほどのアナウンスの内容を頭の中で繰り返し確認した。

「アズマビーフのミスジステーキと、確か、そう言っていたわよね……？」

そうひとり言《ご》ちてワナワナと震え出すカロリーナを、周りにいるカロリーナが怪訝そうに見る。

俯いて震えていたカロリーナは、やがてバッと顔を上げた。

そして「ミスジステーキ！　こうしてはいられないわっ！　先着百名の中に入らなくちゃっ!!」

と言って走り出した。

目的地はもちろん、カフェテリアである。

◇

一方、件《くだん》のカフェテリアにはライオネルの姿があった。

店内を一望できる席に陣取って、注文カウンターに並ぶ生徒たちを見つめていた。

四方八方、どちらを見てもカロリーナ、カロリーナ、カロリーナである。

ある意味ライオネルにとっては天国のような光景であるが、偽者が何人いようが本物のカロリーナでなければ意味がない。

先ほどの校内アナウンスを受けて一人、また一人とカフェテリアにカロリーナが現れる。

スペシャルランチ目当ての者、そうでない者。

皆が思い思いに食べたいものを注文するためにカウンターに並び、列を成す。

それを眺めながらライオネルは目をギラギラと光らせていた。

校内にいるであろうおよそ千五百人もの人間の中から、たった一人の本物を見つけ出すにはあまりに時間が足りない。

そこでライオネルは思ったのだ。こちらが闇雲に動いても無駄に時間がかかるだけだ。

それならば向こうからこちらに来てもらえばよいのだと。

アズマビーフのミスジステーキ。

東方の国の黒毛の牛のミスジという部位のステーキが信じられないくらい美味しいらしいと、カロリーナが何かの情報誌で見て、食べたい食べたいと言っていたのを思い出したのだ。

それからすぐに留学が決まり、カロリーナにミスジステーキをご馳走する機会はなかったが、今回それを利用させてもらうことにし、カフェテリアのシェフに礼金を約束してメニューの変更を依頼した。

幸いカフェテリアの冷蔵庫には百食分ほどのアズマビーフのミスジが貯蔵されていた。

アズマビーフのミスジステーキが食べられると知り、カロリーナが釣られないわけがない。

「来る……！　カロはきっと来る……！」

と、ライオネルは目を皿にしてカフェテリアの中を見回していた。

そんなライオネルを少し離れたところからリズフィリスとマーティンが眺めていた。

「……エサで誘き寄せるってコト？　ネルって結構小狡いよね～☆」

ジト目になるリズフィリスに、マーティンは仕える主のために反論する。

「小狡くなどありません。これも立派な作戦の一つ。無駄に動き回るより、いかにも効率が良い方法だと思います。さすがは殿下、未来の宰相と目されるお方です」

「え〜っそんなもんなの？　ワタシとしては半べそで走り回ってカロリーちゃんを探すネルネルが見たかったのになぁ〜！」

「あなたは一体ライオネル殿下をなんだと思われているのです」

「ん？　昔から変わらない可愛いオモチャ？」

悪びれもせずにそう言うリズフィリスに、マーティンは深く嘆息した。

そんなマーティンを尻目にリズフィリスが続ける。

「でもさ、問題はここからだよね☆　カフェに誘き寄せたとして、どうやって本物だと見分ける気なのかしら？　魔力がある者同士ならいざ知らず、カロリーちゃんは魔力なしだし、ネルはまだ魔力が少ない人でしょ？　どーするのかしらねぇ？」

「どうするもこうするも……きっとなんとかするんだと思います」

マーティンがそう答えるとリズフィリスは噴き出した。

「なんとかする？　ぷっ☆　もしかして根性論？」

「いや、殿下のカロリーナ様に関することへの根性は侮《あなど》れません」

「ふーん……でもなんか、ネルってばボーッとカロリーナズを見ている気もするけどねぇ〜☆」

カフェテリアの椅子に座るライオネルを見ていたリズフィリスだが、やがてあることに気が付いた。

そして目を輝かせて事の成り行きを見守ったのであった。

◆隠れるならカロリーナの中

ミスジステーキのために全力疾走で駆けつけたカロリーナがカフェテリアの入口に姿を現した。

現在、リズフィリスとライオネルとのゲーム中だけれども、ランチタイムにはやはり昼食を食べなくてはいけないと思う。

ましてや校内のカフェテリアのように、生徒のために他より安くて美味しい食事を提供してくれるところで、あのミスジステーキがお得に食べられるなんて。

こんな機会を見逃すわけにはいかないではないか。

それに、要は捕まらなければいいということだ。

リズフィリスのお願いは、カロリーナがライオネルに捕まらないこと。

「だから別に普段と同じようにランチを食べていてもいいと思う！」

どうしてもミスジステーキを食べたいカロリーナは無理やりそう結論付けて、カフェテリアへ入っていった。

注文を受け付けてくれるカウンターはすでに長蛇の列。大勢のカロリーナたちが並んでいた。

「わわわ大変！　先着百名なんてすぐに終わっちゃうわ！」

カロリーナは慌ててカロリーナの列に並ぶ。

一体、今何番目なのだろう。

前に並ぶカロリーナたちが全員ミスジステーキ狙いだとしたら……カロリーナは心配になり、とりあえず一人、二人、と自分の前に並ぶカロリーナたちを数えた。

そして視線を向けた先に、ライオネルがカフェテリアの一席に座ってカウンターを眺めている姿を見つける。

「っ……！」

ライオネルだ。ライオネルがカフェテリアにいる。

まるでカロリーナが来るのがわかっていたかのように、当たり前にそこにいた。

（ど、どうしましょう。いとも簡単に遭遇してしまったわ……）

幸いライオネルは向《こ》う《ﾞ》まだカロリーナには気付いていない様子だ。

このままスッ……と何食わぬ顔でカフェテリアを出た方がいいのだろうか。

（でもっ……くっ……！　ミスジステーキ……！）

ミスジステーキを目の前にして諦めることなどカロリーナにはできない。

大丈夫。ここにはこんなにも沢山のカロリーナがいるのだ。

木を隠すなら森の中、カロリーナを隠すならカロリーナの中だ。

いくらライオネルでも、これだけ大勢のカロリーナの中から本物を見つけることなど不可能なはず。

カロリーナはそんな一縷《いちる》の望みに賭けて、何食わぬ顔で行列に並び続けた……が、すぐにその考えが甘かったことを思い知らされる。

ライオネルが、他のイミテーションカロリーナには見向きもせずに、一心にこちらを見据えているのだ。

最初は気のせいだと思った。

本物《自分》ではなく前のカロリーナか後ろのカロリーナを見ているのかもとも思った。

だけどやはり、どう見てもライオネルの視線は本物であるカロリーナに注がれている。

(え、嘘、こ、これはまさか……?)

冷たい汗がカロリーナのふくよかなお胸の谷間を走っていったそのとき、椅子に座っていたライオネルが勢い良く立ち上がった。

「っ!!」

カロリーナは驚いて息を呑む。悲鳴を上げなかっただけ自分を褒めてあげたい。

そんなカロリーナを他所《よそ》に、ライオネルはずんずんと近付いてきた。

(私はただの有象無象《うぞうむぞう》のカロリーナ、有象無象《うぞうむぞう》のカロリーナ……!)

顔を隠すべく俯いて、心の中で呪文のように繰り返す。

だけど無情にもライオネルは本物のカロリーナの前で足を止めた。

俯いた視界の中にライオネルの靴のつま先が入る。

「……」

顔を上げるべきかどうか迷うカロリーナの頭の上に、酷く掠れたライオネルの声が落ちてくる。

「……カロ、……カロリーナ……」

その声にハッとしたカロリーナは、顔を上げてライオネルを見た。

そこには、今にも泣きそうな表情をしたライオネルがいた。

切なげな、どこか苦しげなライオネルに、カロリーナは引き寄せられる。

気が付けば手を伸ばし、ライオネルの頬に触れていた。

「ライオネル様……どうしたの……？」

どうしたもこうしたも、とんでもない再会である。

だけどカロリーナはそんなことは忘れて、今目の前にいる辛そうなライオネルに手を差し伸べたくなったのだ。

ライオネルは自身の頬に触れるカロリーナの手を優しく握り、掠れたままの声で言った。

「カロリーナ……ごめん、カロリーナ……全然帰れず手紙も出せず……おまけにキミに誤解を与えていたことも知らずに学生生活を送っていた……」

「ライオネル様……」

「カロが真実を見極めるために魔法学校に潜入していたなんてっ……俺はっ……俺は本当に何も知らずにのほほんと……自分が情けないよ」

悔しげに告げるその声はどこか痛々しく、カロリーナは思わず口にしていた。

「でも……リズフィリス様が認識阻害をかけていたと言っていたし、私も熟女用務員に変身していたし、それにそれに、隠密スキルを駆使して潜伏していたからわからなくても仕方ないと思うのっ……」

だからそんな辛そうな顔をしないで、とカロリーナはライオネルだけが聞き取れるくらいの小さな声で言った。

「カロリーナッ……！」

ライオネルが堪《たま》らずカロリーナを掻き抱く。

そしてカフェテリアの中の大勢のカロリーナの中心で愛を叫んだ。

「カロリーナ！　愛してる！　俺は浮気なんて絶っ対にしない！　だって愛しているのは、欲しいのはカロリーナだけなんだからっ‼」

強く抱きしめられながら愛を叫ばれて、カロリーナは頬を真っ赤に染めてライオネルを宥める。

「ラ、ライオネル様っ……落ち着いてくださいっ……は、恥ずかしいわ。だってこんなに沢山の私が見てるんですものっ……！」

「嫌だっ！　絶対に離さない！　もう二度とカロと離れるのは嫌だっ‼」

そう言ってぎゅうぎゅうと抱きしめてくるライオネルを振り解けないまま困っていると、様子を見ていたリズフィリスが駆け寄ってきた。

そして驚きを隠せない表情でライオネルを質問責めにする。

「すごいネルネル！　どうしてカロリーちゃんだとひと目見ただけでわかったのっ⁉　カロリーちゃんがカフェテリアに入ったとほぼ同時に本物だと気付いたよねっ？　魔力もないのに、どうしてっ？　どうしてっ？　ねぇどうしてわかったのっ？」

そんなリズフィリスを胡乱《うろん》げに見ながらライオネルは言った。

「……うるさい。そんなの説明できるか。どれだけ大勢のカロリーナがいたとしても、俺のカロリーナはこの世に一人だけだ。わからないワケないだろう」

さも当然と言わんばかりのライオネルに、リズフィリスは手を叩いて喜んだ。

「すごいすごい！　本能で本物だってわかっちゃうんだっ！　ねぇそれって愛してるからっ？　愛し合っているから可能なことなのっ？」

「当たり前だ。俺とカロだけの魂の絆だ……！」

「キャーッ☆　ナニソレ～恥ずかしい～！」

ええもう本当に。

リズフィリスやマーティン、そしてカフェテリア中のカロリーナに見られて、カロリーナの羞恥《しゅうち》心《しん》は最頂点に達していた。

いや、もちろん嬉しいのだけれども、それでもやはり人前では恥ずかしさの方が勝ってしまう。

とりあえずライオネルには落ち着いてもらって、どこか場所を変えたい。

そう思うカロリーナに、リズフィリスが言った。

「でもまだランチタイム終了のチャイムは鳴ってないよ？　ねぇカロリーちゃん、ネルには捕まらないでってお願いしていたよね？」

リズフィリスのその言葉に、カロリーナは〝約束〟のことを思い出した。

「ハッ！　そうでしたわっ……」

「というワケで頑張って逃げて？　カロリーちゃん☆」

え、でもどうやって？

ライオネルはカロリーナを離すまいとガチガチに腕の力を強めていて抜け出せない。

体術を使えば可能だろうがライオネルに乱暴は働きたくないのだ。

一体どうやってこの腕の中から逃れればいいのか……

それにしても、力は強いけどカロリーナに触れる彼の腕は優しい。

そんなことにキュンキュンするカロリーナに、リズフィリスがサムズアップして告げる。

「大丈夫～☆　こんなこともあろうかともう一人ゲームの協力者を用意しておいたから～」

リズフィリスが言った瞬間、急に何か見えない力に弾かれるようにしてカロリーナとライオネルの体が離れた。

ライオネルの拘束《こうそく》から抜け出したカロリーナが、突然側に現れたカロリーナに声をかける。

「い、今のはあなたの仕業なの……？　えっと……あなたはどちらのカロリーナさん？」

自分の姿をした人間にどこの誰かと尋ねるなんて当然初めてのカロリーナがそう訊くと、相手は眉間にシワを寄せて答えた。

「本物のカロリーナ・ワトソン伯爵令嬢の弟、次期ワトソン伯爵であるジェイミー・ワトソンというカロリーナだよ、姉さん……」

「えっ？　ジェイミーっ？」

突然現れたカロリーナは、他の人間と同様にカロリーナの姿に変えられていた弟のジェイミーだった。

◆学校内逃走中

「もちろんジェイミーくんにもこのゲームに協力してもらうようにお願いしてたんだ☆　ジェイミーくん、絶妙なタイミングだったね！　ありがとう〜！」

例外なくカロリーナになっていたジェイミーにリズフィリスが言う。

ジェイミーは不本意そうな顔をしてそれに答えた。

「……あなたの召喚の場に居合わせ、強制的に約束の管理下に置かれた時点で抵抗するのは諦めてますから……言うことを聞く方が得策だと判断しただけです」

二人のその会話にカロリーナはハッとした。

そういえばジェイミーもリズフィリスとの約束に縛られているのだった。

だけど、なぜそのような状況になったのかをまだ聞いていない。

「ジェイミーはなぜリズフィリス様の存在を知っていたの？　前に約束のせいで私には話せないと言っていたけれど、そもそもなぜそのような事態になったの？」

カロリーナがそう尋ねるとジェイミーとライオネルが顔を合わせ、二人同時にため息をついた。

そしてジェイミーが語り出す。

「精霊召喚の実技授業があったんだ。実技とはいっても模擬練習的なもので、実際に精霊を召喚するものではなかったんだけどね。だって精霊召喚なんて、かなりの高位魔術師でないと扱えない高度な魔法だから」

「あ、以前ジェイミーから貰ったお手紙に精霊召喚の授業にライオネル様が参加を見学を希望していると書いてあったわね？　その授業のことなのかしら？」

するとジェイミーは頷いた。

「その精霊召喚の授業中に、リズフィリス様が精霊界からこちらに来たんだよ」

「えっ」

思いがけない事実にカロリーナは目を丸くする。

そしてカロリーナになっているジェイミーが話を続けた。

「実際に魔力を展開させるわけではなかったけど、精霊召喚のための魔法陣を布陣する授業だったんだ。リズフィリス様は僕が展開させたその魔法陣を利用してこちらの世界にやって来たんだよ」

ジェイミーがそう言うとリズフィリスは舌をペロリと出して笑みを浮かべる。

「だってぇ～丁度二つの世界を繋ぐ媒介（魔法陣）の気配を感じたんだもん～☆　行き来はもう自分の精霊力で賄えるけど、せっかくなんだからそれを利用してフェーズを超えた方が楽でしょ？てへぺろ☆」

「こいつ……」

ちっとも悪びれないリズフィリスをライオネルが睨《ね》めつける。

ジェイミーはそれを見て苦笑しながらカロリーナに説明を続けた。

「僕の敷いた魔法陣でリズフィリス様がこちらに来た瞬間に、リズフィリス様との間に縁《えにし》ができてしまったんだ。その場にいた者の記憶はリズフィリス様が消したけど、縁で結ばれた僕は記憶を失うことなく約束の影響下に置かれる羽目になった……というワケなんだよ……」

「なるほど……」

としかカロリーナは言いようがなかった。

ライオネルもジェイミーもマーティンも、皆がリズフィリス一人に振り回され続けてきたのだ。

そしてそれはリズフィリスが精霊界に帰るまで続くわけで……

やはり、リズフィリスには大いに満足してもらって一日でも早く精霊界にお帰りいただかねば……とカロリーナは思った。

(ここは一つ、私がひと肌もふた肌も脱ぐしかないようね)

カロリーナはリズフィリスと向き合う。

「リズフィリス様、ゲームはチャイムが鳴るまででしたわよね？」

「そうよカロリーちゃん！　ランチタイム終了のチャイムが鳴った時点での状態がゲームの結果よ！」

「ではそれまで本気で頑張らねば！」

急に意気込むカロリーナをライオネルとジェイミーは訝《いぶか》しげな顔をして見る。

「カロリーナ？」

「姉さん……？」

そんな二人に、カロリーナは告げる。

「リズフィリス様の楽しい思い出作りのために私は全力を尽くす所存です。ライオネル様もお覚悟なさいませ」

「え……カロ……？　まさか……」

「そのまさかです」

そう言い残して、カロリーナは突然走り出した。

「ライオネル様っ！　私を捕まえてごらんなさい！」

それはもう、とってもノリノリで。

リズフィリスを楽しませるに自分も全力で楽しまなければならない、そう思ったのだ。

「カロッ！」

走り去っていくカロリーナを引き止めるべくライオネルが名を呼ぶ。

しかしカロリーナは立ち止まることなく走りながら振り向き、ライオネルに向かって叫んだ。

「ライオネル様〜！　こっちよ〜！」

そしてそのまま猛ダッシュで走り出した。

「っくそっ！　結局はこうなるのかっ！」

そう吐き捨てて、カロリーナを追ってライオネルも走り出す。

「俺たちはどうあっても学校内で追いかけっこする宿命なのかっ……⁉」

自棄《やけ》っぱちのようにも聞こえるライオネルの声が辺りに響く。

そうやって走り去っていくカロリーナとライオネルの背中を見つめながら、マーティンがぽつりと「……デジャブ」とつぶやいた。

リズフィリスは大いに喜んで楽しそうな笑い声を上げる。

「キャハハハッ！　すっごいワクワクするぅ！　こうしちゃいられないわっ、早く二人を追いかけなくちゃっ！」

そう言った瞬間、リズフィリスはその場でひらりとバク転をした。

マーティンが何事かと目を見開いた次の瞬間には、リズフィリスは男性の手の平くらいのサイズになっていた。

ピンクブロンドの髪色はそのままだが、肩くらいまでの長さだった髪が足首ほどの長さまで伸びていた。そしてその背には瑠璃色の羽根があり、その羽根をはためかせて宙を舞っている。

全体的に光を帯びているリズフィリスのその姿は、まさしく精霊と呼ぶに相応《ふさわ》しいものであった。

ひと言で表すならば神秘的。その姿こそがリズフィリスが精霊王の娘だと雄弁に語っていた。

それを呆気に取られて見ていたジェイミーとマーティン。

やがてジェイミーが声を押し出すかのようにリズフィリスに言った。

「……そ、それが本来の……あなたの姿？」

リズフィリスは気持ち良さそうに宙を舞いながら答える。

「ん？　違うわよ？　上位精霊は自分の本当の姿は見せないものなの。これは人間界バージョンとでも言うべきかしら？」

「へぇ……」

ジェイミーは精霊らしい姿となったリズフィリスを興味津々に見つめた。

「ワタシ、この姿でカロリーちゃんとネルネルの後を追うから☆　じゃあね～！」

そう言って、リズフィリスは鈴の音《ね》に似た羽音を響かせて飛んでいく。

「……いってらっしゃい……」

後に残されたマーティンとカロリーナの姿のジェイミーは、それをただ呆然と見送った。

◇

見た目とは裏腹にカロリーナの疾走する姿はとても軽やかだ。

ムチムチッとしたわがままボディでなぜそんなに速く走れるのか、後を追うライオネルはいつも不思議に思う。

ライオネルとて、王子として一流の講師陣に鍛え上げられ、運動面では王国騎士の称号を持つ者にも劣らないと自負しているのだが、足の速さだけはカロリーナに勝てた覚えがない。

前回、フィルジリア上級学園での追いかけっこでもカロリーナのトップスピードには到底及ばず、最後は情に訴えかけてカロリーナを捕まえたのだ。

ところが、今回は前回とは勝手が違う。

リズフィリスを満足させるためと、カロリーナ自身がノリノリなのだ。

情に訴えてカロリーナ自ら自分の元に来るように仕向けるのは無理だろう。

しかしなぜカロリーナは急に積極的にリズフィリスの希望通りにする気になったのか。

ゲームに負ければリズフィリスはまだまだ精霊界には戻らないと言っていた。

それならゲームに付き合うフリをして適当にライオネルが勝つように協力し合えばいいと思うのだが……

カロリーナのあの走りっぷりを見るに、彼女はリズフィリスの希望を適当にあしらう気はないようだ。

あれは本気の走りで、真剣にライオネルから逃げ切るつもりらしい。

仕方ない、それならこちらも本気で追いかけてカロリーナを捕まえるしかない。

ライオネルはそう考えながら走り続けた。

カロリーナはちらりと振り返り、そんなライオネルを見遣る。

(ライオネル様、本気で追いかけてきているわ。そうでなくては)

リズフィリスはこれをゲームと呼んでいた。

ゲームと呼ぶからには、ライオネルがリズフィリスに負けると何かしらのペナルティがあるのだろう。

だけど、ゲームに勝ちたいからとライオネルと結託して適当に動いていたのでは、きっとリズフィリスは満足しない。

精霊を欺《あざむ》くなど、後で何か良くないことが起きるような気がしてならないのだ。

だからカロリーナは全力でこの追いかけっこに挑み、ライオネルに勝つ。

そんなカロリーナの後ろから、ライオネルの声も追いかけてくる。

「カロッ！　待てっ、止まれっ！　俺たちが追いかけっこしたって、どうせリズフィリスは満足しないぞっ！」

カロリーナは速度を緩めることなくライオネルに答える。

「そうかもしれないけど、リズフィリス様に協力すると約束したのだもの！　精霊との約束は絶対なのでしょうっ？　なら全力で挑まなきゃ！」

「だけど俺が負けたらリズフィリスは帰らないと言っていたんだぞっ！」

「でも私には帰る前の楽しい思い出作りと言っていたわっ！」

「上位精霊の言葉に惑わされるなっ！　アイツらは悪戯《いたずら》を成功させるためなら平気で嘘をつくらしいぞっ！」

「でもでもっ……こちらが本気で遊びに付き合えば、リズフィリス様はちゃんと応えてくれると思うのっ……！」

そうライオネルに訴えたカロリーナの耳元で鈴が鳴るような音と同時にリズフィリスの声が響いた。

「さっすがカロリーちゃん！　イイこと言うぅ☆」

カロリーナは自身の目の前に現れた、如何《いか》にも精霊然としたイキモノを凝視した。

そしてその羽根の生えた宙を舞うイキモノに訊く。

「……もしかして……リズフィリス様？」

「そうよ～☆　銘打って精霊リズフィリス、人間界バージョン☆」

「まぁ……！　とっても素敵です。感動しましたわ」

「ありがと～☆　カロリーちゃん好きぃ！」

そう言ってリズフィリスは嬉しそうに何回転もして宙を舞う。

その度《たび》にリンリンと羽音が鳴り、キラキラと鱗粉のような光を放つ。

その様《さま》が本当に美しく、カロリーナは走りながらもウットリと見つめた。

そんなカロリーナにリズフィリスが釘を刺すように囁《ささや》く。

「カロリーちゃんいいの？　ネルネルがこの隙にと言わんばかりにぐんぐんスピードを上げてるよ？」

「え？」

リズフィリスの言葉を受けてカロリーナがチラリと後ろを振り返ると、先ほどよりぐんと距離を詰めてきたライオネルが目前に迫りつつあった。

「キャッ！　キャーーッ！」

男子三日会わざれば刮目《かつもく》して見よ……

東方の国のことわざの如く、以前のライオネルよりも今のライオネルの方が格段に脚力が増している。

十七歳の男子のまだ伸び盛りの体と、十六歳になりそろそろ体の成長が緩やかになり成熟に向かっていく女子の、如何《いかん》ともし難い体の差がそこにあった。

だけど、だからといってみすみす捕まるつもりはない。

カロリーナはギアを上げて加速し、自分史上最高のトップスピードで駆け抜けた。

「ち、……くっそっ……カロリーナッ!!」

また両者の間に距離が開き、ライオネルが悔しそうに舌打ちをする。

一方、カロリーナに付いて飛ぶリズフィリスは上機嫌だった。

「キャッホーイ！　カロリーちゃん最高～っ☆」

「豚足を舐めてもらっちゃ困りますわっ！　……確かに本物は骨まで舐めたくなるほど美味しいですけどっ」

「アハハ☆　それ、自虐ネタなの？　それとも食いしん坊ネタ？」

楽しそうに訊いてくるリズフィリスにカロリーナは答えた。

「お好きな方でどうぞ！」

「アハハハハハ☆」

(良かった。リズフィリス様、とっても楽しそう。これが良い思い出のひとつになってくれるといいな)

お人好しカロリーナは走りながら心からそう思った。

が、そのとき、異様な気配を前方にある校舎の隅に感じた。

「……何かしら……？」

魔力のないカロリーナでも感じる奇妙な気配。

当然リズフィリスも感じているらしく、きょとんとして前方を見据えていた。

すると突然、校舎の陰から大きな何かが飛び出してきた。

それは三メートル強はあろうかという巨大な……カロリーナであった。いや、カロリーナ風のイキモノと言えばいいだろうか。

「「えぇっ⁉」」

カロリーナもリズフィリスも驚いてその大きなカロリーナを見る。

大きなカロリーナといえど、他の人間がカロリーナ化した姿とはまた違う。

ずんぐりとした厳《いわお》のような巨熊がカロリーナと同じミルクティー色の長い髪を持つという、中途《ちゅうと》半端《はんぱ》にカロリーナ化した姿だったのだ。

その奇妙なイキモノに驚いたカロリーナがリズフィリスに問う。

「リ、リズフィリス様っ……あれは……？」

リズフィリスにはその正体がわかったらしく、あちゃーといった顔で答えた。

「アララ～？　おっかしいなぁ～？　カロリーちゃん化する術は人間にしかかけてないんだけどなぁ～？」

「と、言いますと……？」

「アレは多分、魔法学校で飼育されてる魔法生物だね。それが運良く、じゃなかった運悪くワタシの精霊力に触れてあんなのにななっちゃったんだと思う……てへ☆」

◆魔法生物との遭遇

「てへ☆　って……そ、そんな軽くおっしゃるからには、リズフィリス様があの魔法生物をなんとかしてくれるんですわよね？」

戦々恐々としてカロリーナが尋ねると、リズフィリスはこれまた軽い調子で答えた。

「あ、ワタシね、物理攻撃に使える術は身につけてないんだー☆　だってお姫様だからさぁ？　そんなこと学ばなくてもいいんじゃないって思ってね☆」

そういえばリズフィリスは勉強嫌いだと豪語していたような……

「ではでは、あの魔法生物はどうするんですかっ？」

「カロリーちゃん、魔術は使えなくても体術や剣術が得意なんでしょ？　やっつけちゃってよ☆」

「む、無理ですっ……！　人間以外と手合わせしたことはありませんものっ！　それにそれに私、実践経験はないんですー！」

「え～、カロリーちゃんたらダメダメじゃない☆　……でもそろそろ立ち止まらないと、どんどんあの魔法生物がこっちに近付いてるわよ？」

「え？　……あっ！」

魔法生物の姿に呆気に取られ、会話をしながら走っていて失念していた。

距離を空《あ》けて逃げるどころか自分から近付いていくなんて……！

「もっと早く言ってくださぁーいっ！」

カロリーナがそう泣き言を言いながら足を止めると、その瞬間に後ろから腕を捕まれ強い力で引き寄せられた。

「キャッ⁉」

そして硬い胸板に押し付けられ、そのときに鼻腔《びこう》を擽《くすぐ》ったよく知った香りに安堵する。

「ライオネル様……」

走り続けて上がった吐息まじりにその名を呼ぶと、同じく肩で息をするライオネルがカロリーナを見下ろしていた。

「こんな状況だが、捕まえたものは捕まえたぞ、カロリーナ」

「ふふ。ライオネル様ったら。そうですね、捕まってしまいましたわ」

「うん。おかえり、カロリーナ」

そう言ってライオネルはぎゅっとカロリーナを抱きしめた。

その腕の中でカロリーナは返事をする。

「ただいまです、ライオネル様」

リズフィリスだけは不満そうに頬を膨らませてライオネルに抗議をした。

「え～！　これってアリ？　これで捕まえたことにするなんてズルくない？」

ライオネルはその言葉を叩き落とすように即座に告げる。

「狡いわけあるかっ。お前の遊びのせいであんなモノまで作りやがって。おまけに捕まえる術《すべ》を知らんだと？　どう責任を取るつもりなんだ」

「精霊は責任なんて取りませ～ん☆」

「……その羽根を毟《むし》り取ってやりたい」

低い声色でそう言うライオネルに、リズフィリスは「キャッ怖ぁ～い☆」とカロリーナの背に隠れた。

そのとき、前方の魔法生物カロリーナが凄まじい咆哮《ほうこう》を上げた。

どうやらカロリーナたちの存在に気付き、威嚇《いかく》しているようだ。

「「っ……!!」」

この状況はさすがにまずいとリズフィリスも思ったのか、クネクネと体をクネらせて、媚《こ》びるような口調でライオネルに懇願《こんがん》する。

「ねぇお願い☆　ネルネルがあの魔法生物カロリーナをやっつけて？」

「その魔法生物カロリーナとかいう呼び名はやめろ、攻撃できなくなる。……俺だってあんなの相手にしたことないぞ……」

「それはそうよ、ライオネル様は王子殿下だもの。当たり前だわっ……危ないから相手になんてしないでっ……！」

ライオネルの身を案じてカロリーナが止めると、リズフィリスは残念そうに告げる。

「でもホラ、魔法生物《向こう》はヤル気満々で近付いてくるわよ？　殺《ヤ》る気だったらどうする？」

魔法生物が低い唸り声を上げながら近付いてくる。

瞳孔が小刻みに揺れ、混乱しているように見えるのは、リズフィリスの精霊力の影響かもしれない。

その様子を見てライオネルがリズフィリスに言った。

「リズフィリス、カロリーナを連れて転移魔法でこの場を離れてくれ。それと精霊力で剣か何か、武器を出せるか……？」

その言葉にカロリーナは焦燥感《しょうそうかん》を露わにする。

「待ってライオネル様、何をするつもりなのっ？　転移魔法でライオネル様も一緒に逃げましょうっ……！」

そう言ってぎゅっと縋《すが》り付くカロリーナにライオネルは首を横に振った。

「今のリズフィリスの精霊力ではカロリーナだけを連れて転移するので精一杯だろう」

「え？」

カロリーナが唖然としてリズフィリスを見ると、彼女は肩を竦《すく》めて笑っていた。

ライオネルが呆れた様子でリズフィリスに言う。

「学校中の人間をカロリーナに変身させる術を使ったんだ。人間界のエーテルでは精霊力が回復しづらい。だから今、その小さな精霊の姿になっているんだろう？」

「エヘ☆　バレてた？」

精霊の姿となっているリズフィリスを見てカロリーナは言った。

「その姿は空を飛んで私たちを追いかけるためではなかったのですか……？」

「縮んだのは、もはや人間《ひと》の形を留めていられないからだろう。ったく……何をやっているんだ、何がゲームだ。どうしてそこまでして遊びたいんだ」

「遊びは大切だもの！　でもネルネルの言う通りよ。ワタシもう疲れちゃって三人まとめての転移は無理寄りの無理～☆」

「そんなっ……！」

「だからカロリーナと二人で逃げろと言ってるんだ」

「ダメですっ！　ライオネル様だけを置いて逃げるなんてできませんっ、私も戦います！」

「それこそダメだ。カロは女の子だ。そんな危険な目には遭わせられない」

「ライオネル様だって王子様です！　王族の方に危険を押し付けるわけにはいかないわっ！」

「あの～☆　お二人さん、涙ぐましい庇い合いを見せつけてくれるのはいいんですけどぉ……そんな深刻にならなくてもいい方法があるわよ？」

カロリーナとライオネルの間に割って入ったリズフィリスの言葉に、二人が反応する。

「「いい方法とはっ⁉」」

同時に重なったカロリーナとライオネルの声に噴き出しながら、リズフィリスが答えた。

「ぷっ……ホント仲がいいよね☆　……それはね、ワタシがネルネルに魔力を返して、その魔力を使ってネルネルがあの魔法生物を捕まえればいいのよ☆」

「でもだってもうリズフィリス様には力がないんじゃ……」

「それはワタシ自身の精霊力ね。さすがのワタシも返しにきた人の魔力を勝手に使ったりはしないわよ～☆」

「なかなか返さなかったくせに偉そうに言うな」

ライオネルがジト目を向けながらリズフィリスに言い返す。

「きゃっ……！　魔法生物がすぐ近くまでっ……！」

カロリーナの悲鳴を聞き、ライオネルはリズフィリスに向かって寄越せと手を差し出した。

「もうなんでもいいっ！　それなら早く魔力を返せっ！　それでどうにかするからっ！」

「ハイハーイ☆　じゃあ返すから頼んだわよ～☆」

そう言ってリズフィリスはスイ～ッと飛んで、ライオネルの唇にちゅっとその小さな唇を押し付けた。

「「!?」」

カロリーナとライオネル、二人は同時に息を呑んだ。

◆解決はしたけれど……

波乱のランチタイムが終わりを告げ、まるで何もなかったかのように午後の授業が始まった。

カロリーナだらけだった校内も皆が元の姿に戻り、精霊力に当てられてカロリーナ化した魔法生物も魔力を取り戻したライオネルにより捕えられた。

そしてシレッと魔法生物管理室の檻《おり》の中へと戻されたのだ。

リズフィリスの精霊力のせいで三メートルを超す巨体となっていたが、本来は大型犬くらいのサイズで穏やかな気性の魔法生物だったのだ。

そして全ての人間から〝リズフィリス〟の記憶を消し去る作業を経《へ》て、彼女は本当に精霊力のほとんどを使い果たしてしまったのであった。

「力がないから精霊界《あっち》には帰れないわ～☆」

と、前向きに人間界に居座る発言をしたリズフィリスに、とうとうライオネルの堪忍袋の緒がブチ切れた。

ライオネルはジェイミーと協力して、その日の放課後に二人の魔力を用《もち》いてリズフィリスを強制的に人間界から精霊界へ排除……送還することに決めたのだった。

魔力が戻ったばかりでまだ扱える魔術が少ないライオネルだが、ジェイミーに教わりながら術を発動させるつもりらしい。

今のライオネルの魔力量なら、ジェイミーの協力があれば強制送還が可能なのだとか。

「え～ん☆　もっとネルネルで遊びたかったよぉ～!　カロリーちゃんと遊びたかったよぉ～!」

ピーピー泣くリズフィリスの小さくなった体を摘み上げてライオネルが小声で言う。

「……お前、他にも魔力の返し方があったんじゃないのか……?」

キスによって魔力を返したことへの苦情を訴えるライオネルに、リズフィリスはペロッと舌を出して答えた。

「これも思い出作りの一つなんだよぉ☆　まぁチビサイズのワタシとのキスなんてカウントに入んないでしょ？」

悪びれもせずそう言うリズフィリスに、ライオネルは心底うんざりした顔で告げる。

「俺の黒歴史にはしっかりと刻まれてしまったわ」

「ネルネルったらヒドーイ！　ワタシの初恋はネルネルなのにぃ！　それなのにネルネルってば少し見ない間に勝手に大きくなって婚約者まで作っちゃってさ☆　ちょっと意趣返しがしたかったのぉ～」

「……嘘をつけ。まぁもしそれが本当でも俺の初恋の相手はカロリーナだ。そしてもうすぐその初恋は成就する予定なんだ。そのためにこれまで必死にやってきたんだから、これ以上邪魔をするな」

「ピーッ！　怖い酷い冷たい最低～っ！」

そうやって二人でコソコソと話し終えて、ライオネルは片手で摘んだままだったリズフィリスを精霊界へ送るための魔法陣の上へポイッと放り投げた。

「もう二度と来るなよ」という言葉を添えて。

どうやらライオネルは相当怒っているようだ。

それを見ていたジェイミーがライオネルに告げる。

「じゃあ殿下、そろそろ始めましょうか」

「ああ。とっとと送り返そう」

そう言って二人は魔力を放出し、精霊召喚を解除するための術式を詠唱した。

途端に魔法陣が光と風を発し、リズフィリスを魔法陣の中に閉じ込める。

リズフィリスは魔法陣の中からカロリーナに向かって声を上げた。

「じゃあねカロリーちゃん！　短い間だったけどとっても楽しかったよ☆　色々とありがとうね～！　元気でいてね～！」

それに対してカロリーナも挨拶を返す。

「はい、リズフィリス様もお元気で」

「バイバーイ！　でも精霊力が戻ったらまた遊びに来るからね～！」

「「「え」」」

また来るという不吉な言葉を発するリズフィリスに、思わず固まるカロリーナとライオネルとジェイミー。

しかしそのとき、魔法陣の上空から何者かの片腕だけが出現してリズフィリスを鷲掴《わしづか》みにした。

「ぎゃんっ！　……あ、パ、パパッ……！」

「「「え」」」

また重なる三人の声。

リズフィリスのパパ……それ即《すなわ》ち精霊界の王、精霊王デューフィリュスその精霊《ひと》である。

そのデューフィリュスの静かな怒気を孕《はら》んだ声が魔法陣から漏《も》れ出す。

「このバカ娘が……無断でフェーズを超えてはならんとあれほど言ったであろう……精霊界には精

霊界の、人間界には人間界の理《ことわり》が存在するのだ。その理《ことわり》を無視して安易にフェーズを超えることは大罪であると学ばなかったのか……？」

父親の言葉に、しどろもどろになりながらリズフィリスは答えた。

「えっと……学んだような？　ちゃんと授業を聞いてなかったような……？　ギャンッ!!」

精霊王デューフィリュスは怒りも露わに、娘の体を掴んでいた腕の力を強めてリズフィリスの意識を刈った。

ぐったりとしたリズフィリスを掴んだまま、精霊王デューフィリュスがカロリーナたちに告げる。

「そこの人間たちよ。迷惑をかけてすまなかったな。愚かな我が娘は責任をもって連れ帰り、無断でフェーズを超えた罰を与える。そしてもう二度と金輪際、フェーズを超えられぬように精霊力を縛る故《ゆえ》、安心してくれ」

その言葉を聞き、カロリーナたちは心の底から安堵した。

精霊王が真面《まとも》な精霊《ひと》で良かった。

もう二度とリズフィリスに振り回されないで済んで良かった。

「「「ありがとうございます！」」」

またまた三人は声を揃えてデューフィリュスへと礼を言った。

「ではさらばである」

最後にそう告げて、デューフィリュスの腕とリズフィリスは消えた。

後には効力を失った魔法陣が残り、それも徐々に消えていく。

辺りに静寂が訪れた。

カロリーナもライオネルもジェイミーも、しばらく放心状態になり、何も言葉を発することができない。

その沈黙を破ったのはドアをノックする音であった。

ノックの後にマーティンが部屋に入り、ライオネルに言う。

「失礼いたします。……殿下、どうやら強制送還が上手くいったご様子ですね。お疲れ様でございました。丁度ホテルから迎えの馬車が到着しております」

マーティンのその言葉にライオネルは静かに頷いた。

そしてようやくライオネルが声を発して二人に告げる。

「……本当に疲れたな。……帰るか」

カロリーナもジェイミーも、ただ力なく頷いた。

学校の正門付近まで歩いてきて、ジェイミーが言う。

「僕は学生寮だからここで。殿下、姉のことをお願いしても？」

「当然だ。カロリーナは俺が責任をもってホテルまで送り届ける」

「……姉さんが宿泊するホテルに、ですよ？　ご自分が宿泊するホテルに連れ帰らないでくださいよ？」

「……当然だ」

「なんですかその間は……」

ライオネルとジェイミーがそんなことを言い合う中、カロリーナは二人に告げる。

「あ、送っていただかなくても大丈夫ですわ……いつも一人で帰っているんだもの。今日だって一人で帰れます……」

少し固い表情のカロリーナを、ライオネルとジェイミーは怪訝そうに見る。

「カロ？」

「いやでも姉さん、今日は下校時間がかなり遅いから一人でなんて危ないよ。ちゃんと殿下に送ってもらって。……殿下が嫌なら僕が送るから」

「どうしてカロが俺に送られるのを嫌がるんだ」

そうライオネルが言っているのを尻目に、カロリーナは首をふるふると横に振って弟に答える。

「ジェイミーは魔術師資格取得試験の勉強があるでしょう。私なら大丈夫だから。……ライオネル様も。じゃあ私はこれで……」

と、ライオネルとは目も合わさずに一礼して、カロリーナはスタコラと歩き出した。

ジェイミーの声が慌ててカロリーナを呼び止める。

「ちょっと姉さんっ？　待ってよ、ダメだよ！」

その声にもお構いなしに歩き去ろうとするカロリーナだったが、ふいに後ろから横抱きに抱え上げられた。

世に言うお姫様抱っこである。

「きゃっ！　えっ？　ラ、ライオネル様っ……？」

カロリーナを抱きかかえ、ライオネルは顔だけをマーティンとジェイミーに向けて言う。

「考えみれば魔力が戻って俺も転移魔法が使えるようになったんだった。先にホテルに帰って少しカロリーナと話をするから、マーティン、お前は馬車でゆっくりと帰ってこい」

そう言い置いてライオネルは転移魔法を用《もち》いた。

リズフィリスと体験した転移魔法と同じように、どこかへ体が引っ張られる感覚がする。

その間際にジェイミーの「殿下！　くれぐれも暴走はなしですよっ！」という声が聞こえてきたが、暴走とはなんだろう。転移魔法は走る必要はないのに。

そんなことを考えているうちに、あっという間に違う場所へと転移し終えていた。

一瞬で移動できる転移魔法は本当に便利だとカロリーナは思う。

だけど今はその便利さが悔しい。できればライオネルと二人にはなりたくなかったのに。

少なくとも、今日だけは彼と顔を合わせたくはなかった。

こんなぐちゃぐちゃな気持ちのままでライオネルと接して、嫌な態度を取ってしまうことが怖かったからだ。

カロリーナは何も言えないいまだ俯いてライオネルに抱きかかえられていた。

やがてゆっくりとフカフカの座り心地の良いソファーへと下ろされる。

「……ここは？」

仕方なくカロリーナが尋ねると、ライオネルが答えた。

「俺のホテルの部屋だ。勝手に連れてきてすまない。考えてみればカロロがどこのホテルに宿泊しているか知らないからな。だからとりあえずここに転移した」

「……そう、ですか……」

よく見ればここも高級そうなホテルだ。さすがは一国の王子が宿泊する部屋である。

ソファーに座るカロリーナの隣にライオネルも腰を下ろす。そして徐《おもむろ》にカロリーナに言った。

「カロ。何か思っていることがあるなら言ってくれ。俺はキミとの間に少しの蟠《わだかま》りも作りたくはないんだ」

「……」

それでも答えられないでいるカロリーナに、ライオネルは直接的な言葉を口にした。

「リズフィリスが魔力を返すために俺に口づけをしたことか……？」

「っ……！」

どうしようもない胸のモヤモヤの原因を言い当てられて、カロリーナの我慢は限界を迎えた。

ずっとライオネルとリズフィリスに対して抱えていたモヤモヤがせっかく晴れたと思っていたのに、先ほど目の当《まあ》たりにした光景がまたカロリーナの心をモヤモヤでいっぱいにしてしまったのだ。

わかっている。あれは魔力を返すための行為であって他意はないと。

リズフィリスはどうか知らないが、ライオネルには恋愛感情など欠片もないことも。

だけど、わかっているからといって平気でいられるわけではない。

我慢して我慢して我慢して。

こんなぐちゃぐちゃな気持ちをライオネルにぶつけてしまわないために、早く一人になりたかったのに。

カロリーナはとうとう堪《こら》え切れずに涙を流す。

本来泣き虫のカロリーナは、母の心配を他所《よそ》に単身他国に乗り込んで以来、いつもみたいにベソベソと泣き虫でいてはいけないと自分を戒《いまし》めて耐えてきた。なのに、今日一日で台無しだ。

我慢していた分、一度堰《せき》を切ってしまうと次から次へと涙が溢《あふ》れ出る。

「うっ……ひっく……うぅ……ふっ……」

声を押し殺して泣くカロリーナをライオネルはそっと優しく抱き寄せた。

カロリーナの涙が答えだと理解したのだろう。

この世で一番大切にしたいと思っている婚約者の涙を見て、ライオネルは胸が締め付けられる思いがした。

時が巻き戻せるなら、魔力を返される瞬間に戻りたい。

そして口づけではない他の方法にしろとリズフィリスを羽虫のように叩《はた》き落としてやりたい。

それ以前に隙だらけで迂闊《うかつ》だった自分を殴り飛ばしてやりたかった。

だけど起きたことを悔やむのは後ほど一人で延々と繰り返せばいい。

今、大切なのはカロリーナに誠心誠意謝ることだ。

「ごめん……カロ、ごめん。俺は本当に迂闊《うかつ》でバカだった。あんなリズフィリスの口づけなど数に入らんと、取るに足らんせいぜい黒歴史の一つだと安易に考えていた自分が情けないよ。考えてみれば、これがもし逆だったなら俺は怒り狂って精霊殺しを行っていたかもしれん」

謝罪と共にとんでもなく物騒なことを言うライオネルの腕の中で、カロリーナは首を横に振った。

「精霊殺しは大罪ですっ……大陸裁判にかけられて死罪になる恐ろしい罪です……冗談でもそんなこと言わないでっ……」

「あながち冗談ではないのだが……いやごめん、そうだな、そんなことを本気で思っていたとしても軽々しく口にしてはいかんな」

「ぐすっ……そうですよ……」

「本当に悪かった……カロリーナ。二人だけのときは我慢なんてしなくていい。心の底で感じていること、俺に対して思っていることを全てぶちまけてくれ。俺はキミには、カロにはいつも心から笑っていてほしいんだ。それに翳《かげ》りを差す要因を、一つも残したくはない」

その言葉を聞き、カロリーナは顔を上げてライオネルを見た。

真剣な、真っ直ぐな眼差しがカロリーナに向けられている。

気が付けば涙と同じく言葉も堰《せき》を切って溢《あふ》れ出していた。

「ライオネル様は私だけのライオネル様なのにっ……！　たとえ精霊であっても私以外の女の子に触れてほしくなかった……！」

「うん、……ごめん……」

「ひっく……私だってライオネル様とは幼馴染なのに、私よりも気安い感じでリズフィリス様と話すのがとっても嫌だったの……！」

「そうか……気安いというか心底どうでもいい相手だったから、適当な話し方をしてしまっていたんだ……すまなかった」

「ライオネル様に触れていいのは私だけのはずなのにっ、それなのに簡単に唇を許してっ……ライオネル様なんて大嫌いっ……！」

カロリーナはそう泣き叫んで再びライオネルの胸に顔を埋めた。

そして彼の胸をどんどんと叩く。ライオネルはカロリーナの涙も言葉も、そして拳も受け止めながら謝り続けた。

「ごめん、ごめんなカロ……本当にごめんっ……」

だけどカロリーナを抱きしめる手はとても力強い。それは彼がカロリーナを離さないという意思の表れだと感じることができた。

今の心情でそれを認めるのは悔しいけれど、カロリーナにとって、ライオネルの腕の中が世界で一番安心できる場所なのだ。

そしてこの場所は生涯、自分だけの場所であってほしい。

カロリーナは自分の中にこんなにも強い独占欲があることを初めて知った。

食べ物以外で……いや、食べ物以上に強く執着心を感じた、それがライオネルへの愛だった。

カロリーナはライオネルに抱きしめられながら微かに身動《みじろ》いで、そっとつぶやいた。

「……ぐすっ……上書きさせてください」

「え？」

カロリーナの小さな声をライオネルは拾うことができなかった。

もう一度言ってほしいと促すライオネルに、カロリーナはキッと彼を見据えてハッキリと言う。

「私とキスをして、さっきのリズフィリス様とのキスを消し去ってくだ……」

カロリーナは言葉を最後まで告げることはできなかった。

言い終える前に、ライオネルに言葉ごと奪われるように、激しく口づけをされたからだ。

最初から深く。カロリーナが漏《も》らす吐息さえ貪《むさぼ》るような、そんな重くて深い口づけであった。

ようやく唇が離れて、カロリーナは息も絶え絶えになり、くったりとライオネルの胸に倒れ込む。

その体の重みと体温と、上気した頬に潤んだ瞳。そして熱い呼気に当てられたライオネルが堪《たま》らず彼女をソファーへと押し倒す。

可愛い、好きだ、愛してる。

もうずっとカロリーナだけを、彼女だけを愛してきた。

婚儀まであと一年とちょっと。

もう我慢も潮時だ……とライオネルはそう思った。

そしてカロリーナのムチムチの太ももに手を這わせるように添えたときに、母とジェイミーの言葉が脳裏を過《よ》ぎる。

『学生のカロリーナが妊娠してしまうようなかわいそうな真似は許しませんからねっ！』

『殿下！　くれぐれも暴走はなしですよっ！』

（っ……クソっ……！）

ライオネルは既《すんで》のところで己を律して、思い留まり、自制した。

そして押し倒していたカロリーナの肩に額を付け、深呼吸を繰り返す。

しばらくして、やがてようやく気持ちが落ち着いた頃に顔を上げてカロリーナに詫びた。

「ごめん、カロ……カロが可愛すぎて暴走しかけた……もう大丈夫だ……夕食を一緒に食べよう。その後ホテルに送っていくよ……って、カロ？」

ライオネルはカロリーナを見て目を丸くする。

ライオネルに組み敷かれていたカロリーナは……眠っていた。

「このシチュエーションで寝るか……？　俺は寝かしつけたわけじゃないんだが……」

ライオネルは呆気に取られながらも小さく笑ってカロリーナに囁《ささや》く。

「今日は色々あったもんな。……おやすみ、可愛いカロリーナ」

◆帰国の途

「……う……ん……ここは……？」

リズフィリスが精霊界に帰った翌朝、カロリーナは柔らかく射し込む早朝の光の中で目を覚ました。

昨日、あれから自分はどうしたのだったか？

カロリーナは記憶を手繰《たぐ》り寄せた。

確かライオネルに思いの丈をぶつけて、泣いて泣いて、そして胸がいっぱいになるような熱いキスをされて……

ボンッ！

そこまで思い出してカロリーナは恥ずかしくなって顔から火を噴いた。

（そうだったわ……！　ライオネル様に激しくキスされて、ドキドキしすぎて意識が朦朧《もうろう》としていたらソファーに寝かせてもらって……そしてそのまま寝ちゃったのね）

なるほど。それでライオネルのホテルの部屋に泊まったのか。

（優しいライオネル様のことだもの。眠ってしまった私を起こすのはかわいそうだと思ってそのまま寝かせてくれたのね）

昨日のキスの後のことについて、カロリーナとライオネルの見解に相違はあるようだが、概《おおむ》ね間違ってはいないと言える？　だろう。

「あら？　私、いつの間にか夜着に着替えているわ……？」

（一体誰が着替えさせてくれたのかしら？）

まぁきっとホテルのメイドだろうと漠然と考えるカロリーナだったが、同じベッドにもう一人寝ているひとに今さらながらに気が付いた。

そしてその人物を見てカロリーナはぎょっとする。

「えっ？　ラ、ライオネル様……？」

カロリーナの方に顔を向けて側臥位《横向き》で眠るライオネルがそこにいたからだ。

そのまま寝てしまった自分がライオネルの部屋にお泊まりしたのはわかった。

それはわかったが、なぜ同じベッドでライオネルが寝ているのかがわからない……

「？？？」

頭の中で疑問符がいっぱいになっているカロリーナ。

そんなカロリーナの気配に気付いたライオネルが小さく身動《みじろ》ぎをし、そしてゆっくりと瞼《まぶた》を開いた。

「っ……！」

目を覚ましたライオネルと即座に視線が合い、カロリーナはドキリとする。

やがて寝起き特有の掠れた声でライオネルが言った。

「……おはよう、カロ……」

「お、お、おはよう、ございます……あの、昨夜はご迷惑をおかけしたようで……」

寝起きのライオネルのとんでもない色香に当てられて、カロリーナはしどろもどろになる。

そんなカロリーナにライオネルは優しく微笑んだ。

「いや、気にしなくていいんだ。寝落ちするほど疲れさせたのも泣かせてしまったのも、全て俺のせいだから」

「で、でも……あの……なぜ私たちは同じベッドで寝ていたのでしょう……？」

婚姻前の男女がただ隣り合わせで眠るだけだとしても同衾《どうきん》するのは如何《いかが》なものかとカロリーナは思う。

だけどライオネルはなんでもないことのように答えた。

「それはなカロリーナ、俺たちは婚約しているからだ」

「え、でも……だからといって……」

「婚約者なら別に一つのベッドで眠るのは悪いことではないのだぞ？　やがて訪れる結婚生活の予行だと思えばいい」

「え？　そ、そうなのですか……？」

「うん。そうなんだ」

「じゃあ私は知らないうちに眠っている間に予行練習をしたというワケですわね。ライオネル様、どうでしたか？　わ、私……上手く練習できていましたか……？」

心配になって尋ねるカロリーナの素直さが可愛くて心の中で悶絶するライオネルだが、それをおくびにも出さずに爽やか王子スマイルで答えた。

「完璧だったよ、カロリーナ。おかげで昨夜は隣で眠りながら様々なイメトレができた。これで(初夜は）完璧だよ」

「よくわかりませんが、ちゃんとできていたのなら良かったです。安心しましたわ……！」

「うん、可愛い。可愛いよ、カロリーナ」

ライオネルはそう言ってカロリーナを抱き寄せた。

ベッドで横になりながら密着する形になり、カロリーナの心臓は跳ね上がる。

「ラ、ライオネル様っ……そ、そろそろ起きなくては……ライオネル様は学校でしょう？」

この恥ずかしい状況から逃れたくてそう言うと、ライオネルは「今日は休もうかな……」と割と本気を感じさせる声でつぶやいた。

カロリーナはガッチリとホールドされている腕の中で顔を上げてライオネルを見る。

「だ、ダメです！　それはズル休みになります……それに私も、ホテルに戻って帰り支度をしなくては……」

カロリーナのその言葉にライオネルが反応する。

「帰り支度？」

「ええ。ライオネル様の浮気疑惑も無事に晴れて潜入捜査も終了です。私もいつまでも学園を休んでいるわけにはいきませんし、王子妃教育だってありますもの。早く帰らないと」

「……もう少しだけ待ってくれ。せめてあと三日、三日帰国を伸ばしてほしい」

「あと三日ですか……？　構いませんが、それはどうして？」

「三日でなんとかしてみせる」

「なんとか？」

要領を得ず、小首を傾げるカロリーナにライオネルは「ふ」と笑みを零《こぼ》し、彼女の額にキスを落とした。

◇

そしてそれから三日後、ライオネルは本当になんとかしてしまったようだ。

「一緒にモルトダーンに帰ろう、カロリーナ」

「え、留学はあと二ヶ月ほど期間を残しているのでは……？」

「問題ないよ」

ライオネルの「なんとかする」は留学の期間のことだった。

自国であるモルトダーンとフィルジリア上級学園、そしてハイラント王家と魔法学校、それぞれに働きかけて交換留学生の交換を願い出たのだそうだ。

両校での素晴らしい学びの機会を国民にこそ経験してほしい……ライオネルはそう呼びかけて、新たに留学希望者を募ることを提案。

そしてその留学生の椅子を早々に希望者に譲り渡すべく、先に帰国の意を表明したらしい。

モルトダーン側はもちろんその提案に対して異論はなく、すでに調整を始めているという。

一方ハイラント側はシェリアナ王女が留学の期間を全うしたいと考えている旨を上級学園に伝え、その上でもう一人学生の受け入れを申請した。

費用はもちろん国が持つという。さすが西方大陸一の大国は太っ腹である。

それらの交渉をたった三日でやってしまうのだから、やはりライオネルは優秀だ。

何はともあれ、ライオネルと一緒に帰れるなんてカロリーナにとっては夢のようだった。

そうして帰国の途に就く際、ハイラント魔法学校に残るジェイミーに別れを告げるときにこう言われた。

「姉さん、式を挙げるまで殿下の口八丁に丸め込まれちゃダメだよ？　殿下の言うことはまず疑ってかかること、いい？」

カロリーナの身を案じ、とくと言い聞かすジェイミーにライオネルが和《なご》やかに返す。

「なんてことを言うんだ義弟《おとうと》よ。口八丁だなんて人聞きの悪い」

「まだあなたは義兄《あに》ではありませんよ。心配だなぁ……殿下は手八丁でもありそうだから」

「ははは、ますます人聞きの悪いことを」

二人の会話をカロリーナは不思議な顔をして聞きながらも、ジェイミーに返事をした。

「よくわからないけどわかったわ、ジェイミー」

「わからないままでいいんだよ、カロ」

「殿下、姉をたぶらかすのはやめてください」

何やらライオネルとジェイミーの間の空気が殺伐としてきたところで、カロリーナは「そんなことより」と言い置いて弟に告げた。

「体には気を付けて。試験前だからと無理をしてはダメよ？　ジェイミーなら絶対に合格できると信じているわ」

カロリーナはそっと手を伸ばし、ジェイミーの頭を撫でる。

「もう、姉さん……小さな子供じゃないんだから」

ジェイミーはそう言いながらも頭を撫でるカロリーナの手を止めない。

カロリーナは優しく微笑んだ。

「私にとっては、ジェイミーはいつまでも可愛い弟だもの」

「僕にとっても姉さんはいつまでも姉さんだ」

「ふふ、大好きよジェイミー」

そうして別れを惜しみながらもカロリーナはライオネルと共にハイラントを離れ、帰国の途に就いたのであった。

帰りの馬車の中でカロリーナは、ライオネルの口車に乗せられ、ついで膝の上にも乗せられて頭を撫で撫でさせられた。

ジェイミーの頭を撫でていたのが羨ましかったらしい。

同乗したマーティンから、ため息と共に「早速口八丁に丸め込まれているではないですか……」という声が聞こえてきた。

◆第二部　エピローグ　元泣き虫令嬢は今日も愛する人の隣で幸せに微笑む

カロリーナがライオネルと共にモルトダーンに帰国して一週間が過ぎようとしていた。

その間、休学中の授業内容を把握する作業、王妃へのハイラント魔法学校での詳細の報告、王子妃教育のカリキュラムの日程の組み直しなどで、カロリーナは忙しい日々を送っていた。

そしてようやく時間が空《あ》き、今日は久しぶりに上級学園のサロンにて、ハイラント王女のシェリアナと親友のジャスミンとでお茶会を開いてお喋りに花を咲かせている。

シェリアナもジャスミンも魔法学校での出来事を興味津々で聞いていた。

カロリーナが事の顛末《てんまつ》を全て話し終えると、ジャスミンが呆れ返った様子で眉根を寄せる。

「はぁ～……なんて大迷惑な精霊なの～。自分本意が過ぎるというか……まぁ違う世界のイキモノに何を言っても無駄でしょうけど～？」

「ええもう本当に。それはもう、本当に困った方だったわ。リズフィリス様は」

カロリーナが肩を竦《すく》めてそう答えると、シェリアナが紅茶で口を潤してから告げた。

「それにしても本当に驚いたわ、まさかライオネル殿下が高魔力保持者だったとは。しかもそれを幼い頃に精霊に奪われていたなんて……これはしばらく各国の社交界の話題の中心になりそうね」

「そんなにですか？」

「ええ。モルトダーン王国の第二王子が一級魔術師に匹敵する魔力を有しているなんて、彼を婿養子として迎え入れたいと申し入れをしてくる他国の王家が増えるのではないかしら……？」

「え……」

聞き捨てならない言葉を聞き、カロリーナの顔色が急に悪くなる。

ワトソン伯爵家はそれなりに名門だが、それはあくまでも自国での話。

吹けば飛ぶような……カロリーナ自身は自重で簡単には吹き飛ばないが、吹けば飛ぶような小さな伯爵家など、他国の王族にしてみれば取るに足らない存在だろう。

きっとライオネルの婚約者の座など簡単に引き摺り下ろせると思われているに違いない。

「わ、私っ……絶対にライオネル様の婚約者は辞めませんからっ……！」

カロリーナが負けるものかと気合を入れてそう言うと、ジャスミンが呑気《のんき》な口ぶりで返した。

「そんな心配は無用よ～。たとえどんな大きな国の、たとえどんなものすごい美姫から求婚されても、殿下はカロリーナ一筋よ～。もし相手側がカロリーナを排除しようと画策しようものなら、返り討ちどころか百倍返しにされて破滅に追い込まれそ～」

「大きな国の美姫に求婚……」

そのワードに当てはまる人物が目の前にいることに気付き、カロリーナは恐る恐るシェリアナに視線を向ける。

そんなカロリーナを見てシェリアナは突然笑い出した。

「ふふ、あははは……そんな戦々恐々とした目で私を見なくてもっ……あははは！　大丈夫、それも無用の心配よ、カロリーナ。私には想いを寄せる大切な婚約者がすでにいますから」

それに対して、ジャスミンが言った。

「そういえばハイラント王女と婚約者である公爵家のご令息のロマンスは、各国の社交界でも有名ですものね～」

「え、そうなの？」

カロリーナが目を丸くしてシェリアナを見ると、彼女は大輪の花が綻《ほころ》ぶように微笑んだ。

愛する人を想い浮かべる笑み。その笑顔が全てを物語っていた。

それを見てカロリーナは安堵する。

「良かったです……！　シェリアナ様が恋敵《相手》だったら到底敵《かな》いませんもの……だからといって、ライオネル様は他の誰にも渡しませんけども！」

「だからそんな心配しなくて大丈夫だって〜。逆にあの執着心の塊《かたまり》のような殿下がカロリーナを手放すワケがないわ〜」

「でも！　世の中何が起こるかわからないもの！　ライオネル様との幸せな将来を守るために私、頑張って戦うわ！」

　そう決意して闘志を漲《みな》らせるカロリーナの頭上から、ふいに大好きな人の声が聞こえた。

「そう言ってくれて嬉しいなカロリーナ。もちろん俺は、キミ以外の女性と結婚するつもりなんてないよ。俺の妃になるのはカロ、キミだけだ」

「ライオネル様！」

　椅子に座るカロリーナが、突然現れたライオネルを見上げた。

　ライオネルの訪《おとな》いに気付いたシェリアナとジャスミンが席を立ち、学園流の略式の礼を執《と》る。

「ごきげんよう、はじめましてライオネル殿下。わたくしはハイラント王国第三王女シェリアナと申します。以後、お見知り置き願いますわ」

　そう言ってシェリアナは利き手をすっとライオネルに差し出した。

　ライオネルはその手を取り、彼の方からも挨拶をする。

「はじめましてシェリアナ王女。モルトダーン王国第二王子ライオネルです。ここにいる可愛いカロリーナの婚約者です。よろしく」

そうしてライオネルはシェリアナの指先に形だけで触れない口づけを落とした。

挨拶が終わり、ライオネルがシェリアナに言う。

「シェリアナ王女、今回は交換留学生の変更手続きに快《こころよ》く応じてくださりありがとうございました。おかげで我が国から優秀な生徒をハイラント魔法学校へ送ることができましたよ」

「お礼を言っていただくには及びませんわ。我が国といたしましても、優秀な生徒は数多く受け入れたいと思っておりますから。その点では殿下もそのまま魔法学校で学んでいてくださってよろしかったのですよ？」

ライオネルが交換留学生の交換を願い出た本当の意図を理解しているシェリアナは、あえてそう言った。

対するライオネルは鉄壁の王子スマイルを浮かべる。

「いえいえとんでもない。私よりも学ぶに相応《ふさわ》しい学生はごまんといますからね。そんな彼ら彼女らに広く道を示していきませんと」

「ふふふ、まぁそういうことにしておきますわ」

「ご理解いただきありがとうございます」

終始笑みを湛《たた》え、穏やかに会話をするライオネルとシェリアナ。

その光景にカロリーナは手を合わせ、眩しそうに眺めていた。

そんなカロリーナにジャスミンが問う。

「何を拝んでいるの～カロリーナぁ？」

「だって……ライオネル様とシェリアナ様のお姿があまりに尊くて……お二人ともさすがは王族の方ね、美しくて品があるわ……！　格が違うとはこういうことを言うのね」

と、感動の胸のうちを語るカロリーナにジャスミンはジト目を向ける。

「え～、あれはどちらかというと腹の探り合いだと思うわよ～？」

「そうかしら？　お二人ともあんなに和《なご》やかに会話をされているのに？」

「……カロリーナ王子妃殿下の専属の付き人として生涯、宮廷《コート》の有象無象《うぞうむぞう》から純粋な妃殿下をお守りすることを改めて誓いますわ～」

急に改まってそう告げるジャスミンを不思議に思いながらも、カロリーナは礼を言う。

「まぁ、どうしたの急に？　でも嬉しいわジャスミン、ありがとう。これからもお友達でいてね」

「カロを守るのは俺の特権だが。そうだな、宮廷では味方は一人でも多い方がいい。よろしく頼むぞジャスミン」

そう言って、カロリーナとジャスミンの会話にライオネルが入ってきた。

ジャスミンは鷹揚《おうよう》に頷いてみせる。

「もちろんですわ～、私はずっとカロリーナの友達で、ずっとずっとカロリーナの味方ですから～」

「その味方は国外にもいた方がいいですわよね。わたくしも生涯、カロリーナの友人の一人で、彼女の味方でいることを誓いますわ」

シェリアナのその言葉を聞き、ジャスミンが満面の笑みを浮かべて言う。

「将来も大国ハイラント王家に繋がるお方の後ろ盾の言質をいただきましたわ～」

「まぁ！　ちゃっかりしているのね、あははは！」

相変わらず朗らかで健康的なシェリアナの笑い声が響く。

カロリーナはこの頼《ほが》もしく優しい二人の友人に巡り合えて本当に幸運だと感じた。

そしてようやく、カロリーナはもちろん、ある意味ライオネルも本来望んでいた学園生活を送れる日々が始まった。

入学直後はカロリーナが逃げ続け、その後はライオネルがハイラントに短期留学をしたために婚約者同士学園で仲睦《なかむつ》まじく……という時間が取れなかったからだ。

じきに一学年上のライオネルが先に卒業してしまうとしても、これまでの分も含め、時間を大切にして今しか味わえない学生カップル気分を満喫したいとカロリーナもライオネルも思っている。

生徒会の執行部の仕事に加え、王族としての公務など相変わらずライオネルは多忙を極めていたが、カロリーナさえ彼の前から逃げなければなんとか時間を見繕って学園デートを楽しめた。

「あぁ……幸せですわ」

放課後の下校時、王家の馬車に揺られながらカロリーナがつぶやいた。

「ん？　どうした？　何に幸せを噛み締めてるんだ？」

向かいの席に座るライオネルがカロリーナに尋ねる。

「放課後、倶楽部活動を始めて本当に良かったと思ったの」

「あぁ、カロリーナらしい倶楽部を選んだな。確か……調理倶楽部だったな」

「料理倶楽部です、殿下」

ライオネルの隣に座るマーティンが即座に訂正した。

婚約者とはいえ、未婚の男女が二人きりで馬車に乗るのはよろしくないとされている。

そのためマーティンも王家の馬車に同乗しているのだ。

信頼を寄せる名実共に一番の側近であるマーティンだが、このときばかりは彼を邪魔者認定をしているライオネルが言い返す。

「意味が同じだから構わないだろう」

「名称は正しく、です」

「わかったわかった。それで？　カロは倶楽部活動に幸せを感じているのか？」

マーティンの進言を打ち切るようにライオネルがカロリーナに尋ねた。

「もちろんそれもあります。私はこれまで食べるのが大好きだと思っていたけど、作るのも好きなのだと実感したの。今日の倶楽部活動で作ったバケツプリンは最高のでき栄えでしたわ……！」

ちなみにプリンの型にバケツを用《もち》いたのはカロリーナだけである。

「今度、ライオネル様にも作って差し上げますね」

「それは楽しみだ」

「あと、そんな楽しい倶楽部活動を終えて、こうやってライオネル様と一緒に下校できるのが本当に幸せだと思ったんです。今までは下校時間が合わなくて別々だったでしょう？」

カロリーナがそう言うとライオネルは合点がいったと頷いた。

「ああ。執行部の仕事が終わるまでカロを待たせるのがしのびなかったからな。だがカロが倶楽部活動を始めてくれたおかげで下校時間が同じになった」

「だからこうやって、週に何度かライオネル様に送っていただけるのが嬉しくて」

「カロ……俺も。俺もカロと一緒に帰れて嬉しい」

「ライオネル様……」

どちらからともなく手を取り合い、指を絡ませていた。

そんな中でマーティンの咳払いが車中に響く。

「んんっ……」

「どうしたマーティン、風邪か？　先にお前の家まで送ってやろうか？　是非そうしよう。そうすればその分、長くカロと一緒にいられる」

邪魔者が消えて二人きりになれるしな、と心の中でライオネルがつぶやく。

「風邪ではありませんし、私の家からの迎えが王宮に来ていますのでご心配なく」

ライオネルの魂胆《こんたん》を見抜いているマーティンがそう言うと、ライオネルは王子スマイルのままで小さく舌打ちをした。

「ふふふ」

こんな時間が愛しくてたまらない。

ここにジャスミンやシェリアナもいればさらに楽しいだろうなと、二人きりになりたいライオネルの思惑など知らないカロリーナは呑気《のんき》に考えた。

こうやって毎日を楽しく過ごせていけたら。

きっと卒業までの日々の中で、再び災難に見舞われることがあるかもしれない。

だけどライオネルと一緒なら。ジャスミンやマーティン、それにシェリアナが一緒ならきっと大丈夫だと、どんな困難も乗り越えていけるとカロリーナは確信している。

(そうしてライオネル様のお嫁さんになるんだわ)

約束された未来にも幸せを感じるカロリーナであった。

実際にライオネルの在学中、そしてカロリーナが卒業するまでに幾度となく珍事件が起きるのだが、それはここでは割愛《かつあい》させていただこう。

ただ、どんなときもどんな状況においても、カロリーナとライオネルの互いを想う心が変わることはなかった。


泣き虫で食いしん坊で人並み外れた運動神経を持つぽっちゃり令嬢カロリーナは、これからもずっと愛しのライオネルの側で幸せに、そして美味しい人生を歩んでいくのであった。

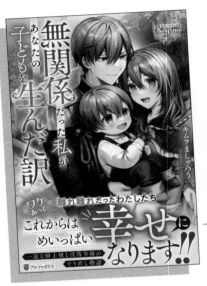